KB146222

우주를 건널수는
없더라도

유운

우주를 건널수는
없더라도

유운

행복우물

✧ 전체 이동 경로

노르웨이 노르카프
Nordcapp, Norway

러시아 모스크바
Moscow, Russia

독일 베를린
Berlin, Germany

터키 이스탄불
Istanbul, Turkey

포르투갈 호카곶
Cabo da Roca, Portugal

그리스 크레타섬
Creta, Greece

한국 동해항
Donghae-port, Korea

목차

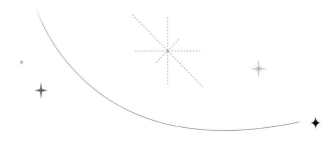

2부   달과 별과 오로라, 북유럽

3부　구라파의 사람들

4부　터키로 도망치다

프롤로그

"죽으러 가는 거야?"

유라시아 대륙횡단, 낭만으로 도망쳤던 기록

살면서 죽고 싶다는 생각을 농담처럼 몇 번이나 했을까. 고백하건대 나의 경우에는 헤아릴 수 없이 많았다. 내가 나약해서, 또는 내 삶이 유달리 팍팍해서 그런 것만은 아니었다. 누구나 삶의 질곡 앞에선 도망치고 싶은 충동을 느낀다. 쏟아지는 과제에 휴학 버튼을 누르고 싶고, 몰아치는 업무에는 사직서를 내고 싶은 것처럼. 잘 익은 사과를 보면 한입 베어 물고 싶고, 노곤한 저녁에 침대를 보면 눕고 싶은 것만큼이나 자연스러운 일이다.

여행을 꿈꾸기 시작할 즈음의 내가 그랬다. 누구나 겪을 법한 이런저런 사건들이 내게도 있었다. 쏟아지는 말과 평가들, 망가진 관계와 희미해지던 삶의 목표, 잃어버린 사람과 돌아갈 수 없는 시절의 기억에 힘겨워했다. 얕은 고난에도 나는 쉬이 몸서리쳤다.

불행의 기억은 3초에 한 번씩 떠올라 나를 괴롭혔다. 과거는 고통스럽고 미래는 불안했다. 뭐 누구에게나 그런 '현대병'을 앓는 시간이 있기 마련이다. 나에겐 그때가 그랬다. 라디오헤드의 'No surprises'를 들으며 우울에 잠기고, 콜드플레이의 'Fix you'를 들으며 구원을 꿈꾸던 날들이었다. 나는 도망치고 싶었다.

우연히 알게 된 '유라시아 횡단 여행'은 그래서 꿈이 됐다. 동해항에서 블라디보스토크로 향하는 배를 타면 그다음부터는 온전한 자유의 세계라는 말에 홀린 듯 이끌렸다. 보고 싶은 것도 가고 싶은 곳도 많았다. 그러나 정확히 말하면 '보는 일'과 '가는 일', 그러니까 자유로이 떠도는 '유랑'이 하고 싶었다. 그러다 관광도 할 수 있다면 검사검사 좋은 거고.

여행을 준비하는 게 우울증 치료제가 됐다. 틈만 나면 컴퓨터 앞에 앉아 노르웨이의 협곡을, 이탈리아의 해안도로를 검색했다. 먼저 다녀온 이들의 여행기를 훑고 설렘에 잠 못 드는 날이 부지기수였다. 도망자의 꿈이 머릿속에 넘실댔다.

밤에는 꿈을 꿨고 낮에는 여행을 준비했다. 몽상이 현실이 되는 데는 2년이 넘는 시간이 필요했다. 아르바이트를 하며 돈을 모았다. 군대에서 모은 적금도 깨버렸다. 유럽을 자동차로 여행하는 것에 최소한 법적인 문제는 없다는 것을 확인하고 대강의 계획을 짰다. 블라디보스토크에서 출발해 러시아를 횡단한 뒤 북유럽으로 올라갔다가, 동유럽과 남유럽, 터키를 여행한 뒤 서유럽의 남쪽 해안을 따라 포르투갈 호카곶까지 가는 여정이었다.

예정한 출발일까지 6개월 남짓 남았을 무렵 나는 돈을 모으느라 한창 짠돌이 신세를 면치 못하고 있었다. 친구가 술을 사주겠다고 불렀다. 신촌의 맥줏집에서 감자튀김과 레드락 맥주를 앞에 두고 친구에게 꿈을 고백했다. 여행을 말릴까 봐, 허황한 치기라는 말을 들을까 봐 가까운 사람들에게도 제대로 알리지 않던 때였다. 양손을 허우적대며 여로를 설명하는 내게 친구는 농담처럼 물었다. "죽으러 가는 거야?"

어이없게도 눈물까지 글썽이던 친구의 모습에 웃음이 나왔다. 그러나 사실 웃을 일만은 아니었다. 혼자 여행을 떠나 본 적도 없는 사람이 반년간 수만 킬로미터를 달리겠다고 말하고 있었다. 돈은 어떻게 할 거냐는 물음에 적당히 텐트 치고, 정 안 되면 차에서 자겠다는 실없음은 객기로 보일 소지가 다분했다.

자유롭고 싶어서 가는 건데 계획은 짜서 뭐 하냐며 지도에 선을 슥슥 긋고 계획의 전부라고 말하던 내 얼굴도 퍽이나 철없어 보였을 테다. 그래서였을까, 출발일이 다가올수록 가족의 한숨도 늘어만 갔다.

결론부터 말하자면, 이 계획 없는 탈주는 무사생환으로 끝났다. 떠났고, 세계를 둘러봤고, 많은 사람을 만났다. 경이로운 광경에 환호를 지르고 몇 번은 아찔한 순간을 겪기도 했다. 호숫가에서 라면을 끓여 먹으며 행복해했고, 텐트 안에서 덜덜 떨며 잠들었고, 홀로 싸구려 와인을 홀짝이다 굶주린 배가 서러워 울먹인 때도 있었다. 하늘과 맞닿은 도로를 달리다 가슴속에서 끓어오르는 감정을 주체 못 한 어느 여름날에는 "나는 자유롭다"고 외치며 방방 뛰기도 했다. 그렇게 대륙의 끝에 도달했으나 그때야 비로소, 초라한 존재인 나는 어딘가에 정주해야만 살아갈 수 있다는 걸 깨달았다. 그러고는 '이제 집에 가야지'라고 읊조리며 아쉬움 절반, 안도감 절반을 안고 집에 돌아왔다. 결국 익숙한 듯 낯선 내 방 침대에 누워, 행복해지진 않았지만 행복할 준비는 된 것 같다고 생각하며 잠드는 이야기. 그게 전부다. 꽤 진부하게 느껴질지도 모르겠다.

한국에 돌아온 지 오랜 시간이 지났다. 나는 알 수 없는 이유로 이제야 무언가를 쓸 수 있게 됐다. 곳곳에 담아뒀던 여행의 조각들을 천천히 꺼내어 당신께 건넨다. 찬란하거나 위대한 이야기는 아니다. 그저 과거의 고통과 미래의 불안에 힘겨워하던 한 사람이 많은 것을 유예하고 훌쩍 떠났던 유랑의 기록이다. 내가 어떻게 도망쳤는지에 대한 이야기다. 이 보통의 '도망기'가 도움이 된다면 좋겠다. 언제든 도망칠 수도, 돌아올 수도 있다는 사실은 우리를 도망 없이도 살게 하니까.

1부

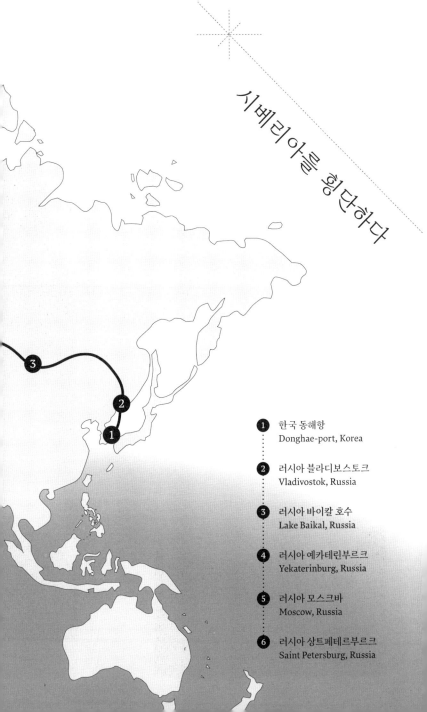

시베리아를 횡단하다

1 한국 동해항
   Donghae-port, Korea

2 러시아 블라디보스토크
   Vladivostok, Russia

3 러시아 바이칼 호수
   Lake Baikal, Russia

4 러시아 에카테린부르크
   Yekaterinburg, Russia

5 러시아 모스크바
   Moscow, Russia

6 러시아 상트페테르부르크
   Saint Petersburg, Russia

긴 여행을 떠나기에 앞서

출발하기 전까지의 이야기

1박 2일로 놀러 갈 땐 옷과 충전기, 씻을 도구 정도만 챙기면 된다. 3박 4일 여행을 갈 땐 옷가지가 몇 개쯤 늘고 한 달 정도 배낭여행을 떠날 땐 큰 캐리어 한 개 분량의 짐을 챙긴다. 그런데 일곱 달을, 대륙 방방곡곡을 돌아다니려면 무엇을 챙겨야 하는 걸까. 감도 오지 않았다.

여행하며 계절을 건널 것이니 사계절 옷이 필요했다. 숙박은 캠핑으로, 식사는 요리로 대부분 해결할 것이니 밥솥을 비롯한 살림살이를 한가득 챙겨가야 했다. 집에 버려져 있던 고물 같은 캠핑 장비들을 넝마주이처럼 긁어모았다.

외국에서 한국 차량을 운행하려니 챙길 서류도 한둘이 아니었다. 공무원들도 처음 발급하는 문서이니 이유를 묻는 경우가 많았다. 그때마다 나는 학예회에 나온 어린아이처럼 쭈뼛대며 사정을 설명해야 했다. 차 앞유리의 선팅은 유럽의 법규에 맞춰 제거하고 영문 번호판과 차량 식별 기호도 만들어 붙였다. 유리창을 부수고 물건을 훔치는 도둑들을 막아줄까 싶은 마음에 가짜 보안업체 마크도 준비했다.

한국의 생활을 정리하며, 소속도 책임도 없는 백수도 꽤 많은 것들과 관계 맺고 산다는 것을 새삼스레 깨달았다. 돌아온 뒤에 챙겨야 할 일들은 '나중에'라는 덮개 아래 보이지 않게 감췄다. 친구들을 만나 송별회 비슷한 걸 했다. 오장육부 잘 챙겨오라는 친구들의 농담 속에는 내비치지 않는 걱정이 숨어 있었다. 허풍처럼 안녕을 말했지만 사실은 그들만큼이나 나도 이 여행에 대해 한 치 앞도 모르고 있었다. 헛헛한 작별 인사를 반복할 때마다 달력의 남은 칸은 줄어갔다. 소주를 털어 넣고 쓰린 속을 비비며 집에 돌아오면 택배 상자들이 언덕처럼 쌓여 나를 반겼다. 여행에 대한 두려움도 그와 함께 나날이 차올랐다.

예정된 출항일은 6월 30일이었다. 나는 하루 먼저 출발해 동해항 근처에서 묵고 다음 날 배를 탈 예정이었다. 집을 떠나기 전날 엄마와 함께 근처 대형마트에서 장을 봤다. 엄마는 카트에 자꾸 무언가를 담았다. 통조림으로 된 김치, 장기 보관할 수 있는 장조림과 깻잎 무침, 햇반, 각종 조미료, 누룽지와 미숫가루까지…. 나는 연신 그것들을 카트에서 다시 빼냈다. 나는 가볍게 떠나고 싶었고, 엄마는 무겁게 보내길 원했다. 수심 가

득한 엄마의 입매를, 당신도 모르게 힘이 들어간 미간을 푸느라 괜한 농담을 던졌다. 그렇게 넣고 빼며 아웅거리는 사이 시간은 갔고 마지막 밤이 사자(使者)처럼 도착했다.

'가고 싶지 않아.'

솔직히 말하자면 전날 밤의 심정은 그랬다. 무슨 부귀영화를 누리려고 내가 이 먼 길을 떠나나. 집엔 가족이 있다. 18년을 함께 살았고 이제는 수명이 얼마 남지 않은 강아지 토토도 있었다. 어리지만 어리광은 부릴 수 없는 20대 후반, 포기한 기회들과 미완의 과제들이 떠올랐다. 여행의 경로에서 내가 무엇을 겪을지 무슨 일이 펼쳐질지도 나는 전혀 알지 못했다. 남은 것들이, 갖지 못할 것들이, 다가올 것들이 저마다의 이유로 나를 붙잡고 흔들어댔다.

유라시아 횡단을 떠나는 바이커들은 유서를 쓰고 간다는 이야기를 들었다. 몇 글자쯤 끼적이다 이게 무슨 청승인가 싶어 그만뒀다. 이제 와서 무를 수는 없었다. 출발하지 않을 수 있는 선택지는 없었다. 사실은 이미 여행길에 올라 서 있는 걸지도 모르겠다는 생각이 들었다. 눈을 빛내며 여행 계획을 떠벌리던 그 저녁과, 지도를 펼쳐 놓고 연필로 그었던 수만 킬로미터의 선. 긴 탈주의 꿈을 품었던 어느 날의 울음. 그것들은 전부 사건이었다. 발생 이전으로 돌아갈 수는 없는, 하나의 기점이 되어 한 사람의 세계를 전과 후로 나누는 일종의 구분 선. 그 선을 넘은 순간부터 나는 이미 여행자가 된 것이나 마찬가지였다. 상상의 나래는 펼칠 만큼 펼쳤으니 이제는 절벽 아래로 뛰어내릴 때였다. 출발해야 했다.

날이 밝았다. 마지막 점심을 먹는 둥 마는 둥 넘겼다. 차에 짐을 모두 실었다. 가족들과는 짧은 인사를 했다. 힘들면 언제든 돌아오라는 목소리를 뒤로하며 액셀을 밟았다. 배기음이 들린다. 동해로 향한다. 여행의 시작이었다.

여행의 시작은 새우잡이

D+0, 한국 동해항

동해항에 도착하니 벌써 저녁에 가까운 시간이었다. 긴장도 풀 겸 숙소 앞 횟집을 찾아 술을 홀짝였다. 마지막으로 이 사람 저 사람에게 전화를 걸어 인사를 했다. 무사히 돌아오라는 당부에 사실은 영원한 안녕이라고 농 섞인 답을 했다.

무언가 빠뜨린 건 없는지, 혹시 예상치 못한 법적인 문제가 생기지는 않을지 근심이 줄을 이었다. 없어도 죽기야 하겠어. 어떻게든 되겠지. 소란스러운 속을 다독이고 뒤척이기를 여러 번 하다 겨우 잠들었다.

다음 날 아침, 후드를 뒤집어쓰고 세관 업무 대행사와 미리 약속한 시간에 맞춰 동해항 국제여객터미널로 향했다. 서류 몇 장에 서명하고 대기실에 앉으니 나처럼 탈 것을 배에 싣는 이가 다섯 사람 더 있었다. 한명은 한국에서 몽골로 돌아가는 바이커였는데 영어가 전혀 통하지 않아 대화를 거의 나누지 못했다. 다른 네 사람은 오토바이를 타고 세계를 여행하는 국내 동호회 소속의 중년 남성들로, 한 달간 바이칼 호수가 있는 러시아 이르쿠츠크까지 다녀올 예정이라고 했다.

소소한 대화가 이어지던 중 대행사 직원이 배에 차를 실어야 한다고 알려왔다. 차량의 짐을 모조리 꺼내 엑스레이로 검사했다. 차량 내부는 육안으로 따로 살폈다. 그런 뒤에는 직접 차를 운전해 배의 화물칸 지정된 구역에 주차하는 방식으로 선적했다. 활짝 열린 화물칸 안쪽은 어두컴컴해 전조등을 켜도 앞이 잘 보이지 않았다. 마치 아가리를 활짝 벌리고 먹이가 들어오길 기다리는 괴물 같기도 했다. 전진할 때마다 차의 바퀴가 바닥을 긁으며 드르륵 드르륵 굉음을 냈다.

배는 오후 두 시쯤 항구를 떠났다. 30분쯤 지나니 전화와 데이터도 모두 끊겼다. 블라디보스토크까지는 스물두 시간이 걸린다. 막연한 정적이 어색해 갑판으로 나왔으나 이곳도 파도가 철썩이는 소리, 웅웅거리는 배의 진동만 들릴 뿐이었다. 앞으로의 여행에서도 사람의 말소리는 많지 않겠지. 궁핍과 체력 고갈도 문제겠지만 나는 외로움과도 다퉈야 할 것이다.

새우잡이 배를 타고 긴 항해를 떠나는 선원의 마음이 이럴까. 언제 돌아올지 기약이 없는 여행길이라는 점에서는 비슷한 것도 같았다. 나는 돈이 아니라 방랑을 벌러 가는 길이긴 하지만, 어쩌면 얼마 다르지 않은 것인지도 모른다. 우린 소비할 돈

도, 방랑할 시간도 충분히 갖고 있지 않으니까.

밤에는 치킨 한 마리를 사 들고 낮에 만난 동호회 회원들이 묵는 방문을 두드렸다. 가만히 있으면 왠지 울적해질 것 같아서였다. 소소한 선상파티가 시작됐고 '선생님'이라는 호칭은 금세 '형님'으로 바뀌었다. 그들이 여행하는 이유에 대해서도 더 자세히 들을 수 있었는데, 이르쿠츠크로 향하는 길 우수리스크라는 작은 마을에 있는 독립열사 이상설, 최재형의 집터를 찾아 후손으로서 감사를 드리는 의미도 있다고 했다.

파티는 자정 넘어까지 계속됐다. 술기운과 뱃멀미를 동시에 느끼며 어질어질 걸어서 침대로 돌아왔다. 다른 이들은 어떤 '의미'를 갖고 여행하기도 하는구나. 나는 오히려 너무 많은

삶의 의미들에 치였던 것 같은데. 그래서 이제는 아무 의미도 찾거나, 주장하거나, 증명하고 싶지 않아서 이곳까지 온 것 같은데. 자는 내내 파도가 배를 거칠게 흔들었다. 풍랑에 몸을 맡겨서 그런 건지, 풍랑을 거슬러 가느라 그런 건지 도통 알 수가 없었다.

밤이 짧았는데도 꿈은 길었다. 그곳에서 나는 어딘가로 계속 떨어지고 있었다. 그러면서도 다시 일어나 어딘가로 향하기를 반복했다.

몰라봐주셔서 고맙습니다

난생처음 겪는 뱃멀미로 아침부터 머리가 지끈했다. 배는 여전히 흔들리고 있었고, 나도 덩달아 비틀대며 밖으로 나왔다. 하늘은 회색 구름에 점령당하고 바람은 소리 내며 불어오는 을씨년스러운 날씨였다. 어제 먹고 남은 새우깡을 들고 갈매기와 눈치 싸움을 했다.

동해항의 매표소에는 의외로 한국인보다는 외국인이 많았다. 흰 피부에 파란 눈을 가진 이들이 하나같이 남색이나 카키색의 조끼를 걸치고 긴 양말을 신은 채 매표소에 줄을 서 있었다. 여권을 받아본 매표소 직원들은 그들을 '불체'라고 부르며 듣는 사람은 안중에도 없이 쑥덕댔다. 추방되는 것인지, 어디로 가는 것인지 날 선 눈빛과 목소리로 물으며 키보드를 두들겨댔다. 열에 아홉이 그런 경우였다. 아마 러시아 동부나 중앙

아시아 출신 외국인 노동자들인 것 같았다.

불체로 불렸던 이들은 갑판에서 무표정하게 물살을 지켜보며 줄담배를 태우고 있었다. 두 글자로 삶이 손쉽게 축약된 채 푸른 물결에 깊은 숨과 함께 흰색 담뱃재를 떨어뜨렸다. 그중 태반은 미처 바다까지 닿지 못하고 발밑으로, 배의 구석진 곳으로 희게 쌓여갔다. 이들은 어디에 있다가 다시 어디로 밀려가는 것일까. 애초에 어디서부터 온 것이었을까.

점심이 지나서야 항구가 가까워졌다. 배에 탄 선원들의 움직임이 분주해졌다. 항구에는 주황색 조끼를 입고 모자를 쓴 노동자들이 줄을 끌어당기거나 배에 신호를 보냈다. 무표정한 눈짓과 약속한 듯 척척 맞는 호흡, 군더더기 없는 몸짓으로. 퍽 익숙한 듯 보였다.

나는 일생일대의 여정을 시작하려 큰 배에 몸을 싣고 이곳에 도착했지만 이들에게는 매일 같이 반복되는 하루에 불과했다. 출입국 심사관에게도 내가 누구인지 무엇을 하고자 하는지는 중요하지 않았을 거다. 짐짓 차가운 눈빛으로 나를 관찰하는 척하지만 머릿속에는 '저녁에 무엇을 먹을까' 따위의 생각을 하고 있었으리라.

여행이란 그런 것이다. 낯선 타인들이 일상을 영위하는 공간에 섞이지 못한 채 나 홀로 부유하는 일이다. 이 평범하고 낯선 이들에게 내가 누구인지 무엇을 할 셈인지는 전혀 중요하지 않다. 아무리 부푼 꿈을 안고 당도했다 한들 온 도시가 한 청년의 꿈을 응원하고 환대해 주는 일은 당연히 일어나지 않는다. 그저 그들은 각자의 삶을 살아갈 뿐이다. 타인의 유일함 같은 건 자신의 일상을 깨부수지 않는 한 알 필요도 없는 일. 누군가에겐 차갑고 지독한 도시의 익명성일지도 모르겠다.

그러나 덕분에 나는 자유로웠다. 누구도 나를 알아보지 못한다. 아무도 나에게 관심이 없다. 여기서 내가 누구인지는 나에게만 중요하고, 나만이 결정할 수 있다. 타인은 나에게 그저 타인일 뿐이다. 내가 그들에게 그렇듯이. 나를 붙잡고 침 튀기며 간섭했던 서울의 뭇 얼굴들이 떠올랐다. 그런 사람들이 이곳에는 없었다.

이래서 여행을 떠나온 거였어. 이 무리한 여행의 이유를 이제야 조금 알게 됐다.

앞으로 769km 직진입니다

D+3, 러시아 하바롭스크

어제는 블라디보스토크에서 차를 받고 정신을 차리지 못했다. 운전에 꽤 자신이 있었는데도 해외에서의 운전은 영 쉽지 않았다. 교통 체계가 다를뿐더러 각종 안내판은 읽을 수도 없었다. 수년 전 기능 시험에 합격하고 처음 도로 주행에 나섰던 때처럼 운전대를 잡은 손에 힘이 들어갔다. 우여곡절 끝에 숙소에 도착했을 때는 등이 온통 땀으로 젖어있었다.

블라디보스토크를 떠나는 길에는 그래서 덜컥 겁부터 났다. 주차장에서 첫 목적지인 하바롭스크를 구글 내비게이션에 입력하니 안내 메시지가 떴다.

'A370 도로를 타고 769km 직진.'

769km라는 숫자와 그 뒤에 붙은 직진이라는 낱말의 조합이 참으로 어색했다. 서울에서 부산까지 400km 남짓인 우리나라에서는 찾아보기 어려운 한 쌍이었다. 하루 만에 갈 수 있을지 자신은 없었지만 일단 가보기로 했다. 따로 예약한 숙소는 없었다. 가다 힘들면 아무 도시의 여관이나 들어가 하루를 묵을 생각이었다.

A370을 비롯해 러시아 중심부를 관통하는 도로 대부분은 고속도로(Highway)라고 이름 붙여져 있지만 우리나라와 비교하면 그 호칭이 다소 민망하다. 대체로 편도 1차선이고 속도는 90km/h로 제한된다. 노면은 고르지 않고 중간 중간 파이거나 갈라진 곳이 많아 고속으로 달리기가 어렵다. 심한 추위가 찾아오는 겨울마다 노면이 얼어붙고 다시 녹는 일이 반복돼 도로 정비에도 한계가 있다고 한다.

그런 편도 1차선 도로를 한국에서는 찾아보기 어려운 수십 톤짜리 화물차가 줄지어 달린다. 러시아의 귀한 부동항인 블라디보스토크에서 출발해 막대한 양의 수입품을 서쪽으로 실어 나르거나, 그 반대로 향하는 차들이다. 그 외에 매우 느린 속도로 도로를 다니는 오래된 6~9인승 승합차도 자주 볼 수 있다. 러시아의 토종 자동차 브랜드인 '라다(Lada)'의 차량들인데, 내가 답답해하자 러시아의 한 식당 주인은 껄껄 웃으며 그들이 이미 최고 속력으로 달리고 있는 것이라고 말했다. 러시아 동부는 서부에 비해 낙후된 탓에 이런 오래된 차들이 많았다.

41

여행자가 이들과 같은 속도로 갈 수는 없는 노릇이라 어쩔 수 없이 러시아식 추월법을 익혀야 한다. 먼저 앞서가는 화물차의 뒤에 바짝 따라붙는다. 중앙선을 살살 간 보듯 넘으며 마주 오는 차가 없는지 살핀다. 그러다 안전하게 추월할 수 있다는 생각이 들면 중앙선을 넘어 빠르게 추월한 뒤 다시 원래 차선으로 돌아온다. 한국에서도 지방 국도에서는 꽤 쓰는 방법이다. 그러나 수백 킬로미터를 이런 방식으로 가는 것은 다른 문제였다.

마음씨 좋은 화물차 운전자들은 오른쪽 깜빡이를 켜서 신호를 준다. 해석하자면 "앞에서 아무도 안 와, 지금 추월하면 돼"라는 뜻이었다. 반면 뒤에 있는 차가 반대 차선의 차량을 보지 못하고 추월하려는 것 같으면 살짝 중앙선을 밟거나 경적을 짧게 울리는 식으로 위험을 알려준다. 겉모습은 험상궂지만 옆으로 지나갈 때면 창문 밖으로 따봉을 날려주곤 했다.

이렇게 운전하다 보면 심심할 틈이 없었다. 핸들을 조금씩 꺾으며 도로 곳곳에 파인 구멍을 피하고 있으면 어린 시절 펭귄으로 빙판을 주파했던 아케이드 게임을 하는 것 같았다. 아찔한 순간에는 심장이 철렁하지만, 이곳만의 문법을 이해하고 나면 나름대로 운전의 재미를 느껴볼 수도 있었다.

하염없이 달렸지만 고작 410km를 왔을 뿐이어서 목표한 곳에 도달하지는 못했다. 어쩔 수 없이 갓길에 차를 세우고 주변에 여관이 있는 도시를 찾았다. 달네레첸스크라는 작은 마을에 짐을 풀고 하룻밤을 보낸 뒤 다음 날 350km 남짓을 더 달린 뒤에야 목표했던 하바롭스크에 도착했다.

장시간 운전은 생각보다 힘든 일이었다. 몸이 뒤틀리고 허리가 아팠다. 다리에는 쥐가 났다. 블라디보스토크에서 모스크바까지 달려야 하는 거리는 대략 9,000km다. 한 달간 쉼 없이 간다고 해도 매일 300km 넘게 운전을 해야 했다. 머리가 하얗게 센 여관 할머니는 블라디보스토크부터 하바롭스크 구간이 그나마 도로 사정이 좋아 운전이 수월한 편이라고 했다. 원래 계획은 3~4주 안에 러시아를 통과하는 것이었으나, 예정한 때까지 모스크바에 도착하기는 불가능할 것이라는 확실한 예감이 들었다. 계획은 이렇게 초장부터 흔들렸다.

그런들 뭐 어떨까. 못 가겠으면 그냥 천천히 가면 된다. 설령 길을 잘못 들면 돌아가도 된다. 조금 오래 걸려도 괜찮다. 늦었다고 얼굴을 붉히며 지각을 타박하는 이는 바깥에도 없고 내 마음속에도 없었다. 어차피 장기 여행자에게 언제까지, 어디까지 같은 건 무의미하니까. 자유란 아무것도 예정하지 않음의 다른 말일지도 모른다.

마피아 출신 히치하이커를 만나다

D+5, 러시아 벨로고르스크 인근 숲속

다음 목적지는 '치타'라는 이름의 도시였다. 내비게이션에 목적지를 입력하니 2,000km를 직진하라는 안내 메시지가 나왔다. 이쯤 되니 그다지 놀랍지도 않았다. 가는 길에 어디서든 머무르면 될 테니. 소실점에 맞닿은 하늘과 일정하게 진동하는 엔진음을 벗 삼아 길을 나섰다.

치타는 시베리아 횡단 여행자들에게 악명 높은 도시다. 직진 앞에 붙은 저 잔혹한 숫자가 이 여행의 본질이 끝없는 운전, 또 운전이라는 것을 알려주기 때문이다. 아울러 2,000km 떨어진 도시를 목적지로 설정해야 할 만큼 그 사이에 머무를만한 적당한 곳이 없다는 뜻이기도 하다. 치타로 향하는 구간에서 몇몇 횡단 여행자들이 피살된 적도 있다. 이 위험하고 긴 구간을 무사통과하면 일단은 횡단 여행에 성공적으로 연착륙했다고 말할 수 있는 셈이다.

기름을 채우러 주유소에 들렀는데, 허름한 옷차림에 큰 가방을 멘 웬 백인 남자가 나를 불러 세웠다.

"너 어디까지 가니?" 그가 서툰 영어로 물었다.

"따로 정하지는 않았는데. 나는 모스크바로 가고 있어."

"그러면 나를 태워줄 수 있어? 나도 여행자야."

"어디까지?"

"어디든 상관없어. 네가 원하는 만큼."

이렇게 낯선 이와의 동행이 시작됐다. 그의 이름은 블라디미르 알렉산드리치. 편하게 '보우와'라고 부르라고 했다. 블라디보스토크에서 전기공으로 일한다는 동갑내기였다. 체구는 크지 않지만 날렵한 몸을 가졌고 손에는 상처가 많았다. 앞니가 하나 없어서 웃을 때의 표정이 순박하기도 서늘하기도 했다.

끝없는 도로를 달리며 우리가 할 수 있는 것이라고는 대화밖에 없었다. 그러나 그는 아주 약간의 영어만 구사할 수 있었다. 게다가 러시아의 마을과 마을 사이 도로 한복판에서는 현지 통신사를 이용해도 인터넷이 잘 되지 않아 음성번역 기능이 자주 먹통이 됐다. 그럴 때면 우리는 주로 무언가를 흉내 냄으로써 대화했다. 기차는 칙칙폭폭, 배는 뿌우우, 추월은 쉬융

~ 같은 방식으로. 손짓과 짧은 영어 단어들까지 더하면 서로에 대해 꽤 진솔한 대화까지 나눌 수 있었다. 어쩌면 우리가 도시에서 미주알고주알 나누는 소음 없이도 우리는 충분히 진심을 전하며 살아갈 수 있는 것일지도 모르겠다.

해가 저물 때쯤 우리는 서로를 '브라더'라고 부르게 됐다. 그리고 어느새 벨로고르스크라는 작은 도시 근처에 도착했다.

"어디에 내려주면 될까?" 그에게 물었다.

"나는 근처 아무 데나 내려주면 돼."

"어디서 잘 건데?"

"텐트가 있어. 숲속에서 캠핑하면 돼."

"캠핑할 거야? 나도 캠핑할까 했는데."

"그러면 같이 하자! 내가 저녁을 대접할게."

엉겁결에 한낮으로 끝날 예정이던 동행이 칠흑 같은 밤까지 이어지게 됐다. 알렉산드리치는 러시아에서 캠핑할 때는 두 가지를 주의해야 한다고 말했다. 하나는 곰, 다른 하나는 사람. 그는 차에서 내려 주변의 높은 곳에 올라 영화에 나오는 탐험가처럼 이리저리 두리번대더니, 차와 텐트를 숨길 수 있을 만큼은 울창하면서도 도로와 가까워 곰이 나오지는 않을 곳을 찾았다.

차를 나무 뒤편에 숨긴 뒤 수풀을 헤치며 들어가니 적당히 평평한 곳이 나왔다. 알렉산드리치는 가방에서 흡사 김장용 비닐처럼 생긴 투명하고 넓은 비닐 몇 장을 꺼내더니, 줄을 나무에 묶고 비닐과 조합해 삼각형 텐트를 만들고 그 안에 침낭을 깔았다. 커다란 원터치 텐트를 끙끙대며 차에서 꺼내온 스스로가 괜히 민망했다. 거기서 잘 수 있냐고 물어보니, 그는 무척 튼튼하다며 씩 웃어 보였다.

저녁 식사를 위해 토치를 꺼내려 하니 알렉산드리치는 손을 흔들며 필요 없다고 했다. 불 피울 도구가 있냐는 나의 물음에 그는 고개를 끄덕였지만 주머니에서 꺼낸 것은 작은 칼 하나뿐이었다. 그는 주변을 돌아다니며 흰 자작나무에서 껍질을 벗겨 모으기 시작했다. 나뭇가지를 차곡차곡 쌓은 뒤 모아온 나무껍질을 돌돌 말아 불을 붙여 그 밑에 넣었다. 두꺼운 나뭇가지를 기둥처럼 세워 냄비의 양 손잡이를 걸고는 인스턴트 라면을 끓이기 시작했다.

나는 조금은 황당한 마음으로 그의 묘기를 구경했다. 알고 보니 그의 캠핑 용품은 김장 비닐과 침낭, 칼과 냄비 정도가 다였던 것이다. 그가 빌려준 방충 모자를 쓰고 완성된 라면을 먹으려 했으나 건더기와 면 대신 모기만 건지기를 몇 번, 먹기를 포기하고 배부른 척을 했다. 그는 나를 보고 엄지를 척 올리고는 국물까지 싹싹 비웠다.

자는 도중 곰이 나오면 어떻게 하냐는 물음에 알렉산드리치는 걱정하지 말라며, 손을 들고 천천히 뒤로 도망치면 된다고

말했다. 웃음이 천진했다. 그는 방법이 아닌 것을 방법처럼 말하는 묘한 재주가 있었다.

　내가 정말 무서운 건 사실 그였다. 겨우 하루 동행한 인연과 브라더라는 호칭이 보장해 주는 건 많지 않았다. 이 녀석이 밤에 나를 공격하고 내 차를 빼앗아 도망치면 어떻게 하나. 내가 제압할 수 있을까. 베개 밑에 가위를 숨겼다. 잠깐 잠들었다가도 부스럭대는 소리에 놀라 깨며 밤을 보냈다. 낙엽을 걷는 풀벌레조차도 이날만은 공포를 불러왔다. 모닥불의 온기와 불신 곁에서, 별과 나무 아래서 잠든 나의 첫 러시아 캠핑이었다.

안녕, 알렉산드리치

D+8, 러시아 울란우데

새가 지저귀는 소리에 잠에서 깼다. 텐트에는 이슬이 맺혀 있고 흙내음이 코를 간질였다. 다행히 밤중에는 아무 일도 없었다. 알렉산드리치는 나에게 아침 식사라며 작은 초코바를 줬다. 괜한 의심이었나 싶어 미안한 마음이 들었다. 그는 캠핑한 다음 날 아침에는 몸을 풀어줘야 한다며 같이 뜀걸음을 하자고 했다. 우리는 누구의 군 생활이 더 힘들었는지 토론하며 근처를 한 바퀴 달렸다.

그렇게 나는 알렉산드리치와 4일을 더 여행했다. 모고차와 치타를 거쳐 울란우데까지. 그와 함께 달린 러시아의 도로가 대략 3천 km쯤 되니 꽤 긴 시간을 함께 여행한 셈이다. 영어와 러시아어, 한국어를 섞어가며 나눈 이야기로 나는 러시아뿐 아니라 그에 대해서도 더 알게 됐다.

알렉산드리치는 나이에 비해 파란만장한 삶을 살았다. 군 복무 3년을 마치고 전도가 무망한 복싱 선수로 살다 두 번 감옥에 다녀왔다. 한 번은 자신을 공격하던 남자를 때려서, 또 한 번은 자신의 눈앞에서 자신의 애인을 모욕한 남자를 때려서였다. 그는 그것들을 뉘우치고 있다고 했다. 그리고 그가 군대와 감옥에 있는 동안 그의 부모와 누나는 모두 세상을 떠났다.

옥중에서 자연스레 마피아와 연이 생겼다고 했다. 그는 내게 모든 것을 분명히 말하지는 않았지만 출소 후 다소 불법적인 일을 했으며, 지금도 종종 그런 일을 통해 용돈벌이를 하는 것 같았다.

그러면서도 그는 어린 시절부터 꿈이었던 여행을 자주 떠난다고 했다. 여행에 돈은 필요 없기 때문에 가방 하나만 들고 무전여행을 다닌다. 이동은 히치하이킹으로, 음식은 인스턴트 라면으로, 숙박은 숲속에서 침낭과 비닐텐트로. 너무 다른 삶을 사는 그가 나는 무척이나 궁금했다. 그도 이상한 방식의 여행을 하는 나의 삶을 궁금해했다. 그런 대화를 하며 우리는 친구가 됐다.

이 무모한 여행의 시작점에 그는 내게 큰 도움이 됐다. 러시아 음식을 먹는 법부터 시작해 이곳의 각종 문화나 규범 같은 것들에 대해 알려줬다. 정비소에 들르거나 복잡한 일을 처리해야 할 때는 통역사가 되어주었다. 차 안에서 뽀글이를 끓여먹거나 화장실을 찾지 못해 둘 다 전전긍긍했던 웃긴 기억도 있다. 사실 그런 것 없이도 혼자 가면 더디게 가는 시간이 그와 함께 있으니 빨리 가는 듯해 동행할 이유는 충분했다. 나는 그로부터 많은 것을 배웠다. 불분명한 방식으로도 어떻게든 되어 가는 대화나 캠핑, 여행, 삶 같은 것들에 대해.

내가 운전을 하고 있으면 그는 가끔 내 카메라를 가져가서 영상을 찍곤 했다. 고속으로 달리는 차에서 창문 바깥으로 거침없이 카메라를 내보내면 골이 지끈대기도 했지만, 지금도 그의 촬영물을 보면 내심 미소가 지어진다. 규칙이나 구성이 없는 영상, 차의 안과 밖을 무턱대고 넘나드는 카메라가 우리의 여행과 닮았기 때문이다.

함께 맥주를 마실 때 그는 내게 한 편의 글을 써주더니 반드시 창문 아래 두고 다니라고 했다. 그가 번역기로 전해준 글의 취지는 이러했다.

"이 차는 러시아 마피아의 형제의 차다. 이것을 건드리는 순간 너희는 아주 큰일 날 것이다."

그는 이것만 있으면 강도가 절대 내 차를 건드리지 못할 것이라고 했다. 그의 마음이 얼마나 소중한가. 그래, 차량 강도한테 차를 털릴 바에야 경찰에 체포되는 게 낫겠지. 경찰이 너는 러시아 마피아와 무슨 관계냐고 물으면 길에서 우연히 태워준 히치하이커가 마피아였다고 하면 되겠지. 그런 생각을 하면 혼자 운전을 하던 와중에도 웃음이 났다.

울란우데에서는 하루 동안 함께 도시를 구경했다. 나는 길을 찾을 때면 꼭 지도 애플리케이션을 켠다. 해외뿐 아니라 한국에서도 그렇다. 가는 데 얼마나 걸리는지, 타인들의 평가나 별점은 어떤지 확인하기 위해서다. 그러나 스마트폰이 없는 알렉산드리치에게는 도시 곳곳의 안내판이면 충분했다. 그는 대략적인 방향과 거리의 이름을 보며 귀신같이 길을 찾아냈다. 운전할 때도 마찬가지였는데, 나는 내비게이션 없이는 어디로 가야 할지 알 수 없었지만 그는 언제나 가야 할 도로를 기억하고 길을 가리켰다.

단순히 내가 이방인, 그가 현지인이라 발생하는 차이는 아니었다. 그보다는 길을 고르고 걷는 방식, 삶의 과제를 수행하는 방식이 근본적으로 달랐다.

데이비드 웨이고너의 '별들의 침묵'이라는 시에는 백인 인류학자가 칼라하리 사막에서 문명과 떨어져 살아가는 부시맨들을 만난 이야기가 나온다. 학자는 부시맨들에게 자신은 별들의 노랫소리가 들리지 않는다고 고백한다. 부시맨들은 처음에는 농담이라고 생각했다가, 속이는 것이라고 생각했다가, 나중에는 아픈 사람을 대하듯 위로하며 "참으로 안 된 일"이라고 말한다.

어쩌면 그저 허구이거나 와전된 이야기, 또는 단순한 의사소통의 착오였을지도 모른다. 그러나 나는 정말로 별의 노랫소리가 존재할지도 모른다고 상상한다. 먼 과거부터 이어진 문명의 소음에 우리의 귀가 덮여 이제는 들을 수 없게 퇴화한 것이 아닐까 생각한다. 그런 상상을 할 때면 설렘과 슬픔을 동시에 느낀다. 잃었으나 잃은 사실조차도 알 수 없는 것들이 얼마나 많을지를 생각하곤 한다. 방향과 지형만으로 길을 찾아내는 능력, 평범하지만 낯선 것을 보고 즐거워하는 마음, 언어 없이도 진심을 전할 수 있는 방법 같은 것들. 알렉산드리치를 보며 나는 때로 내가 무엇을 잃어버렸는지 알아채기도 했다.

울란우데를 마지막으로 우리는 헤어졌다. 그는 서쪽으로, 나는 북쪽으로 가야 해서. 언젠가 서울에서, 또는 블라디보스토크에서 만나자는 인사를 나누며 우리는 헤어졌다. 그를 다시 만날 수 없으리라는 것을 마음으로는 알면서도 또 보자는 말을 반복했다. 그것은 일종의 언어적 포옹 같은 것이었다. 너와 함께한 시간이 즐거웠으며 또한 감사했다고, 마음의 온기를 서투른 말로 전했다. 그는 뒤돌아 큰 가방을 메고 뚜벅뚜벅 걸어갔다. 나는 차 문을 닫고 운전석에 풀썩 몸을 실었다. 다시 혼자가 된 차 안은 너무 넓고 고요했다. 어렴풋한 도시의 소음 외에는 아무것도 들리지 않았다.

끝이 없는 호수에서 캠핑

D+10, 러시아 바이칼 호수

울란우데의 호스텔에서 우연히 만난 한국인 여행자 M으로부터 제안을 받았다. 자기와 친한 몽골 유목민 가족이 있는 마을에 놀러 가 게르에 일주일 정도 함께 묵자는 제안이었다. 양떼와 함께 초원을 달릴 수 있고, 워낙 오지라 휴대전화도 터지지 않아 진정으로 자유로운 느낌을 받을 수 있을 것이라고 했다. 살면서 다시는 해볼 수 없을 경험이라는 말이 귀를 간질였다.

편하게 차를 얻어 타고 싶어 하는 이면의 마음은 접어두더라도 왠지 마음이 동하지 않았다. 타인이 아닌 스스로와의 대화가 지금은 더 필요했다. 낯선 이들과 지내며 웃음을 지어내는 일은 하고 싶지가 않았다. 하루쯤 고민한 뒤 거절했다. 미안하지만, 혼자 있고 싶어서요. 바이칼 호수로 갈 거예요.

날 선 말이 돌아왔다. 너, 후회할 거야. 아주 귀한 경험을 놓치는 거야. 나는 그러게요, 답하고는 고개를 돌렸다. 사실은 동감이었다. 나중에 이 순간을 돌이켜보면 후회할 가능성이 높았다. 그런데, 그러면 뭐 어떤데. 살면서 다시 못할 경험이라는 것은 분명히 매력적이다. 하지만 살면서 모든 일을 경험할 필요도, 그럴 의무도 우리에게는 없다. 어차피 불가능한 것이기도 하고. 그러니 갖지 않아도 될 것에 강박을 느끼며 성난 다람쥐처럼 도토리를 주워 모을 필요는 굳이 없는 것이다. 나는 지구상 모든 여행지에 족적을 남긴 '프로 여행러'가 된다든지, 경험의 가짓수로 월드컵을 벌이는 일에는 관심이 없었다.

어디든 갈 수 있고 어디서든 멈춰 머무를 수 있다는 점에 매료되어 자동차 여행을 떠나왔다. 내가 어디로 가고 싶은지는 여전히 모른다. 그러나 어차피 어디로 가든 별 상관없는 생활을 하고 있다. 충동적이며 때로는 후회할 결정을 하더라도 아무런 문제가 되지 않는, 후회 따위 한 뭉텅이로 안고 살아도 괜찮은 삶이 필요해서 나는 이렇게 멀리 떠나온 것이었다. 그러니까 그런 종류의 후회할 일이야 얼마든 생겨도 괜찮았다.

난데없는 예언에 마음이 뾰족해졌다. 기분을 달래려 식재료를 원 없이 구입한 뒤 바이칼로 차를 몰았다. 세계에서 가장 오래됐고 깊으며, 또 그만큼 광활한 호수인 바이칼의 둘레에는 해변과 비슷한 형태의 넓은 자갈밭이 곳곳에 있다. 적당히 괜찮은 곳을 찾아 머무를 요량이었지만 이미 선객들이 전세라도

낸 듯 시끄럽게 캠핑 중인 곳이 많아 발길을 여러 번 돌렸다. 그러던 중 동해항에서 블라디보스토크로 같이 배를 타고 왔던 J 형님에게서 전화가 왔다.

"어디냐?"

"바이칼 호수 쪽에서 캠핑할 곳을 알아보고 있어요."

"나도 바이칼인데, 여기 풍경이 죽인다! 갈 데 없으면 이리로 와라."

J가 보내준 장소는 지도상의 경도와 위도만 있을 뿐 이름은 없었다. 바이칼 호수의 서남쪽 끝 지점, 작은 마을을 지나 흙길을 울퉁불퉁 넘어가면 넓은 자갈밭이 나왔다. 바다라도 되는 양 수평선을 가진 호수는 계속해서 자갈을 실어 나르고, 사람들은 다시 자갈을 호수로 던져주며 시간을 보내고 있었다. J와 반가운 인사를 나눈 뒤 텐트를 치고 모닥불을 지폈다. 커피를 내려 캠핑 의자에 앉으니 이제야 마음도 함께 가라앉았다. 이름이 없기 때문에 고요한 이곳에서 나는 그대로 멈춰 사흘을 보냈다.

호수에도 파도가 친다는 것을 바이칼에서 처음 알았다. 짙은 파랑이 아닌 옅은 하늘로 잔잔히 밀려오는 물결은 그것과 닮은 생각을 잉태했다. 나는 소금 없는 바다라든지 목적지 없는 여행, 기약 없는 약속 같은 것들에 대해 생각했다. 가끔은 결핍과 상실에 푹 담가져 있던 오래전의 날들에도 마음 한편을 내줬다. 더 이상 나를 해칠 수 없는, 이제는 초라하고 무력해진 과거의 두려움들을 사유했다.

러시아에선 생선을 소금에 푹 절여 오래 보관해두었다가 필요할 때 꺼내 먹는다. 러시아뿐만 아니라 네덜란드와 북유럽 등 추운 곳에 그런 식문화가 있다고 한다. 추위가 살갗까지 파고드는 삶의 여정에서 무언가를 오래 가지고 간다는 건 어떤 것일까. 짜고 쓴 소금을 가득 들이붓고 나면 오랜 후에 꺼내먹어도 탈이 나지 않는다는 것은.

자유로이 머무르다 풍경이 지겨워질 때쯤 자유로이 떠날 것이다. 장을 넉넉히 봐서 다행이었다. 아이스박스 속에는 양파와 감자, 당근, 맥주와 소시지가 가득했다. 그중에는 마을 슈퍼에서 산 절인 생선도 한 움큼 들어있었다.*

---

* 바이칼에서 시간을 보내던 중 한국의 가족에게서 연락이 왔다. 18년간 함께 살았던 강아지 토토가 무지개 다리를 건넜다는 이야기. 텐트를 정리하고 공항이 있는 가장 가까운 도시인 이르쿠츠크에서 가장 빠른 비행기를 탔다. 한국을 떠나올 때 약속했다. 언제든 어디에서든 돌아오겠다고. 여행은 2주간 멈췄다.

엄마와 함께 돌아온 바이칼에는 폭풍우가 쳤다

D+26, 다시 바이칼 호수로

이르쿠츠크로 돌아오는 비행기를 엄마와 함께 탔다. 한국에서 토토를 떠나보낸 뒤 다시 떠날 채비를 하던 중 엄마가 바이칼에서 며칠 같이 지내면 어떻겠냐고 물었다. 아름다운 풍경을 만날 때마다 사랑하는 이들에게 직접 보여주고 싶다고 여러 번 생각했던 터라 흔쾌히 그러기로 했다. 단 며칠에 불과하더라도.

단 며칠에 불과해서였다. 바보같이 날씨를 확인하는 일을 잊었다. 공항에 내리니 이르쿠츠크에는 폭우가 쏟아지고 있었다. 도로는 이미 물바다가 된 지 오래인 듯했다. 수륙양용도 아닌 차로 이미 반쯤 강이 된 도로를 뚫고 도시를 겨우 빠져나왔다. 도시를 벗어나니 비가 좀 그쳤다. 가로등도 없는 러시아의 고속도로를 헤드라이트에 의지해 엉금엉금 기어 150km를 운전했다. 자작나무 사이를 안개가 희게 거니는 모습은 평소라면 아름다웠을 테지만 오늘은 두려울 뿐이었다.

출국 전 머무르던 호숫가에 겨우 도착하니 새벽 한 시가 넘은 시간이었다. 누울 자리를 찾으려 헤매는 와중에 뒤에서 덜컹 소리가 났다. 나가보니 뒷바퀴가 진창에 빠져있었다. 30분 넘게 씨름한 끝에 주변의 도움을 받아 겨우 차를 꺼내고 텐트를 쳤다. 우릴 구해준 아저씨는 고맙다는 말에 연신 러시아에서는 4륜구동 자동차가 필요하다고 강조했다. 슬프게도 내 차는 2륜구동이었다. 기진맥진한 상태로 침낭 속에 몸을 넣으니 시계는 새벽 세 시를 가리키고 있었다.

다음날에도 아침부터 비바람과 전쟁을 벌였다. 텐트에 물이 들어오면 닦아내고, 비바람을 막기 위한 이런저런 보조물을 설치했으나 무너지고, 날아가고, 다시 설치하고 보강하고…. 이런 과정의 반복이었다. 엄마 텐트에서 라면을 끓여 먹다 내 텐트가 쓰러지는 소리를 듣고 함께 한숨을 쉬었다.

당장이라도 도망가고 싶었다. 주변의 캠퍼들도 대부분 짐을 챙겨 떠난 뒤였다. 그러나 근교에 있을 따뜻한 집으로 돌아가면 될 그들과 달리 우리는 갈 곳이 없었다. 내가 떠나기 전 보았던 바이칼의 아름다운 모습을 엄마에게 보여주고 싶다는 오기에 하루만 더 버텨보기로 했으나 결국 새벽에 백기를 들고 패잔병처럼 도망쳐야 했다. 몇 주 전에는 그토록 고요하고 평화로웠던 호수가 이제는 끝이 보이지 않는 시커먼 동공으로 나를 노려보며 떠나라고 고함치는 것만 같았다. 억울한 마음에 도대체 왜 그러는 것이냐고 성을 부려도 봤지만 호수는 답이 없었다.

주변에 물어물어 허름한 산장을 겨우 찾았다. 난방 시설도 씻을 곳도 없고, 재래식 화장실과 허름한 야외 주방이 있을 뿐인 통나무 산장. 그러나 벽과 지붕만 있으면 천금이라도 낼 수 있을 것 같은 심정이었다. 젖은 몸을 겨우 말리고 엄마와 함께 두문불출했다. 다음 날에는 식료품이라도 사러 가려 했지만 산장에 들어올 때 통했던 진입로가 폭우에 강이 되어버린 탓에 그마저도 불가능했다. 하늘의 일에 노할 필요도 슬퍼할 필요도 없다는 옛말을 생각했다. 그저 쓸려가지 않은 것에 감사하기로 했다.

비가 잦아든 저녁에는 주인장 세르게이가 찾아왔다. 그는 우리의 안부를 묻더니 자기도 갇혀버렸다며 맥주나 한잔하자고 했다. 세르게이는 내 또래로 보였으나 알고 보니 이혼한 아내와 사이에 열 살쯤 된 딸이 있다고 했다. 태어나서 동양인을 처음 본다던 그는 친구들에게 전화를 걸어 자랑을 하다가, 별 안간 신기한 걸 보여주겠다며 입꼬리를 올리고는 주머니에서 무언가를 꺼냈다. 검고 묵직한 그것은 영화에서나 보던 권총이었다.

심장은 물론이고 쓸개까지 철렁했다. 짧은 시간 별별 생각이 머릿속을 스쳤다. 그도 내 표정을 읽었는지 너털웃음을 지으며 내게 총을 건네고 벽에 쏴보라고 했다. 아, 그냥 자랑하고 싶었던 거구나. 러시아 사람들의 천진함에는 무서운 데가 있다. 알면서 그러는지 모르는 것인지 섬찟한 적이 한두 번이 아니었다.

세르게이가 꽤씸하기도 했으나 어찌 됐든 다행이었다. 그는 내일은 해가 뜬다며 행운을 빈다고 했다. 원할 때 언제든 떠나도 좋다는 말도 덧붙이면서. 그의 말대로 해가 뜨기를, 하루라도 호수에 마음을 담글 수 있기를. 구름에 가려 보이지 않는 달에도 나는 빌었다.

71

흐린 날도 축복이기를

D+30, 러시아 바이칼 호수

"나갈 수는 있는데, 거기가 길은 아니야."

어젯밤 세르게이에게 막힌 진입로 대신 다른 길이 있느냐고 물었을 때, 그는 산장 뒤쪽의 샛길을 알려주면서 이렇게 덧붙였다. 내일이면 엄마는 떠나야 했다. 계속 여기에 있을 수는 없는 노릇이었다. 호숫가에서 하루라도 캠핑을 하기 위해 세르게이가 말해준 쪽으로 차를 몰았다.

도착하고 나니 그의 말이 무슨 뜻인지 대번에 알 수 있었다. 길이라고 부르기에는 민망하고 기찻길 옆으로 버려진 땅에 가까웠다. 공터 너머에는 굴다리가 보였다. 거기까지만 가면 이곳을 빠져나갈 수 있을 것 같긴 한데 문제는 곳곳에 포진한 물웅덩이와 진흙이었다. 중간중간 무릎 정도 높이로 땅에 박혀있는 쇠말뚝도 보였다. 상당히 나쁜 컨디션의 오프로드로, 2륜구동 자동차로 갈만한 길은 아니었다.

그래도 가봐야지 뭐, 어쩔 도리가 있나. 조심조심 차를 몰았다. 둔덕에 밀려 차가 쏠릴 때마다 이리저리 핸들을 틀었다. 어느 정도 빠져나왔나 싶었는데 눈앞에 아까 봤던 쇠말뚝이 보였다. 바퀴가 계속 그쪽으로 쏠리고 있었다. 까딱하면 차의 밑판이 남아나지 않으리라. 급하게 핸들을 틀고 액셀을 밟았다. 그때 작게 턱, 하는 소리가 나더니 차가 더 이상 앞으로 움직이지 않았다. 앞바퀴가 진흙탕에 빠진 것이다.

공회전을 거듭할수록 차는 더 깊게 빠졌다. 이 방법 저 방법을 시도해봤지만 소용이 없어 결국 트렁크에서 삽을 꺼내 바퀴 주변의 땅을 팠다. 그렇게 30분쯤 지났을까. 품에 아기를 안은 젊은 러시아인 부부가 다가왔다. 함께 차를 밀어봤지만 달라지는 건 없었다. 부부 중 남편은 고개를 젓더니 잠깐 기다리라고 말하고는 굴다리 너머로 뛰어갔다. 5분쯤 지났을까, 그가 큰 덤프트럭과 함께 돌아왔다.

며칠간 내린 큰비로 인근 기찻길에서 복구 작업을 하던 공사 차량이었다. 덩치 큰 인부들이 차에서 내렸다. 그들도 처음에는 우리와 같이 땅을 파보고, 여럿이 달려들어 차를 들거나 밀어봤지만 소용이 없었다. 그러자 견인줄을 꺼내오더니 덤프트럭과 내 차를 연결하고 한 사람은 트럭에, 한 사람은 내 차에 탑승했다. 그러고는 서로 신호를 주고받으며 몇 번씩 앞뒤로 오가기를 반복했다. 이윽고 뿌드득 소리와 함께 차가 앞으로

움직였다. 모두가 환호를 내질렀다.

차에 탔던 인부가 다가와 어깨를 두드리더니 손짓과 발짓으로 오프로드에서의 운전 요령을 알려줬다. 요점은 바퀴가 움직인다고 핸들까지 함께 돌아가선 안 된다는 거였다. 평평한 곳에서는 핸들이 바퀴의 방향을 결정하지만 지형이 움푹 팬 곳에서는 바퀴가 핸들을 움직인다. 그럴수록 핸들을 꽉 잡고, 바닥의 굴곡이 아닌 나의 의지로 차를 몰아야 한다고 했다. 함부로 브레이크를 밟아서는 안 되고 때로는 과감하게 액셀을 밟아야 구덩이를 넘어갈 수 있다는 말도 덧붙였다. 어쩐지 삶을 닮은 듯한 요령이라고 생각했다. 험한 길이 나를 굴곡에 맞춰 살도록 몰아댈 때면 나는 지금도 덥수룩한 수염 밑으로 호탕하게 웃던 그의 얼굴을 떠올린다.

공터를 빠져나와 넓은 풀밭과 호수를 품은 조그마한 숲에 터를 잡았다. 아직도 채 마르지 못한 텐트에서는 꿉꿉한 냄새가 났다. 호수에 들어가 몸을 씻고 물을 길어 진흙 범벅이 된

차를 닦았다. 그러고는 엄마와 함께 호수를 산책했다. 아, 이 얼마나 그려왔던 평화인지.

비는 그쳤으나 날은 아직 흐렸다. 그러나 아쉬움은 없었다. 호수를 둘러싸고 멀리서부터 물안개가 꼈다. 구름이 빈틈없이 해를 가린 하늘도, 그를 비추는 호수도 함께 회색으로 물들었다. 수면과 하늘의 경계가 차츰 지워져 갔다. 눈을 부릅뜨고 쳐다봐도 어디까지 호수이고 어디서부터 하늘인지 알 수가 없게됐다. 그저 떠가는 낚싯배를 보고 '저기까진 호수겠구나' 짐작할 수 있을 뿐이었다. 며칠 새 자신을 몽땅 쏟아부은 하늘은 땅으로 내려앉고, 하늘의 색을 닮은 호수가 토닥이며 그 자리를 대신하고 있는 것만 같았다.

장작을 패고 모닥불을 피웠다. 한국에서 가져온 와인을 잔에 따르니 불꽃의 온기가 너울처럼 그 안에 함께 담겼다. 며칠을 고생한 피로에 와인까지 곁들이니 몸과 마음 모두 노곤해졌다. 그러는 새 밤과 함께 이야기가 깊어져 갔다. 다음날이 기억나지 않을 만큼 엄마와 술을 마셨다. 망각의 가능성에 기대니 평소 말할 수 없던 속내도 털어놓을 수 있었다. 응어리나 상처, 부모와 자식이자 두 명의 서툰 인간이 살아온 날들에 관하여.

뜻밖의 여행, 그곳에서 함께 겪었던 며칠의 고난. 진창을 빠져나오느라 기진맥진한 몸. 타오르는 모닥불, 굳이 서로를 구분 짓지 않는 호수와 회색빛의 하늘. 그중 무엇 덕분이라고 분명히 말할 수는 없었다. 어쩌면 그 모두의 힘일지도 모른다. 영영 치유할 수 없을 것만 같던 과거의 상처를 낯선 호숫가에서 조금은 털어놓을 수 있었던 것은. 내내 계속됐던 흐림도 이날만은 축복이자 치유였다.

호수가 우리에게 허락한 평화는 단 하루에 불과했다. 비행기 시간에 맞춰 엄마를 공항에 데려다주고 발길을 돌렸다. 사실 걸음이 잘 떨어지지 않았다. 가족이 있는 한국에 가고 싶은 마음, 여행을 계속하고 싶은 마음. 사랑하는 이들 곁에 머무르고 싶은 마음, 따로 혼자가 되고 싶은 마음. 익숙한 것에 대한 그리움과 새로운 것에 대한 선망 사이 갈팡질팡하는 어리숙한 마음들. 그렇더라도 여전히 나는 앞으로 가야 했다. 다시 여행을 시작해야 했다. 허름한 호스텔에 들어가 따뜻한 물로 샤워를 했다. 오랜만에 깊은 잠이 들었다.

뜻밖의 홍수로 이르쿠츠크에 갇히다

엄마와 헤어진 다음 날 조식을 먹고 나갈 채비를 하는데 호스텔 주인이 나를 불렀다.

"다음 행선지는 어디니?"

"나는 계속 서쪽으로 가고 있어. 따지자면 크라스노야르스크쯤?"

"음… 안 될 것 같은데. 네가 가는 길에 툴룬이라는 곳이 있어. 거기 지금 도시 전체가 침수됐어."

그는 텔레비전을 켜고 뉴스를 틀었다. 러시아어를 알아듣지는 못했지만, 대충 툴룬에서 홍수가 나서 수위가 10m 넘게 올라갔고, 사람들이 실종되거나 죽고 마을이 침수됐다는 얘기였

다. 호스텔 주인은 고속도로도 침수돼 언제 통행이 재개될지 모르겠다고 했다.

난감한 상황이었다. 어쩐지 어젯밤 호스텔에 들어오는 길도 온통 물바다였다. 툴룬을 우회하려면 몽골로 내려가야 하는데 그러면 경로가 너무 틀어진다. 그렇다고 홍수 지대를 뚫고 갈 정도로 삶에 미련이 없지는 않았다. 도리가 없으니 차라리 이곳에서 며칠 머무르면서 바이칼에서 상처 입은 차를 정비하기로 했다. 정비 예약은 전화로만 가능한데 나는 러시아어를, 상대는 영어를 모르니 결국 직접 찾아가 약속을 잡고 다음 날 다시 방문했다.

"너, 도대체 어디를 다녀온 거야?"
"나 며칠 동안 바이칼에 있었는데."
"용감한 한국인이구나. 거기 지금 난리일 텐데."

정비사는 고개를 절레절레 저으며 웃음을 지었다. 엔진오일을 비롯한 각종 소모품을 교체했다. 지난 여행길을 증명하듯 라디에이터 그릴을 가득 채운 벌레 사체도 깨끗이 청소했다. 다만 덤프트럭으로 차를 끌어 올릴 때 찢어진 차량 하부덮개는 부품이 없어서 그냥 떼어내야 한다고 했다. 덮개 없이 다녀도 괜찮은지 물으니, 아스팔트로만 다니면 된다는 답이 돌아왔다. 내가 오프로드를 가려고 한 건 아니라는 말을 덧붙이려다 괜히 머쓱해져 속으로 삼켰다.

의도치 않게 비는 시간이 생겨 하루는 이르쿠츠크를 산책했다. 오늘만은 관광객이 되어 나름대로 차려입고 길을 나서니 깔끔한 남방과 청바지가 왠지 어색했다. 이르쿠츠크는 '시베리아의 파리'라는 별명을 가진, 실패한 혁명가들의 도시다. 제정러시아의 한계를 체감한 청년 장교들은 1825년 12월 러시아 최초의 근대식 혁명을 일으키지만 처참하게 실패했다. 결행일에 지도자 트루베츠코이는 현장에 나타나지 않았고 혁명세력은 모두 붙잡혔다. 데카브리스트, 직역하자면 '12월의 사람들'이라는 이름의 이 청년 장교들이 유배형을 살았던 곳이 이르쿠츠크다. 이후 볼셰비키를 포함해 수많은 러시아의 귀족, 지식인, 예술가들과 그 가족이 유배 오면서 이곳은 문화예술의 중심지로 성장했다.

역사는 이렇게 의도치 않은 방향으로 흘러가 의외의 결실을 낳는다. 원래 예정대로라면 이미 모스크바에 도착했을 나의 여정도 무수한 변수로 인해 아직 목표했던 거리의 절반밖에 오지 못했다. 변수에 취약한 건 자동차 여행의 숙명이다. 버스나 기차, 비행기처럼 약속된 시간표가 없고 길에서 무엇을 만날지 모르니 어쩔 수 없다. 그저 이 뜻밖의 지연이 나에게 선물을 가져다주기를 바랄 뿐이었다.

시베리아의 하늘은 매일 다른 색깔

D+37, 러시아 노보시비르스크

500여 년 전 신대륙으로 향하던 콜럼버스처럼 나는 끝이 없는 서쪽으로 무던히 가고 있다. 무더위를 견디며 하루 종일 운전을 하고 있노라면 태양 마차와 달리기 경주를 하는 것 같다는 생각도 든다. 아침에 출발할 때 멀찍이 뒤에 있던 해는 점심쯤에는 운전석 옆으로 나와 함께 달리고, 저녁이 다가올 때쯤에는 저만치 앞서가 나를 재촉한다. 어서 오라고, 어서 나를 따라 달려오라고. 그러나 나는 태양을 이길 수가 없다. 오늘은 여기까지만 달리기로 하고는 하늘이 붉게 물드는 것을 보며 잠자리를 탐색한다. 그 다음 날에도 어김없이 해는 떠오르고 나는 질 게 뻔한 경주를 다시 시작한다.

이르쿠츠크에서 니즈네우딘스크까지 520km. 다음 날은 크라스노야르스크까지 540km. 그 다음 날은 케메로보까지

530km, 그리고 노보시비르스크까지 260km, 또 어딘가의 이름 모를 곳으로 600km. 5일간 2,500km가량을 달렸다. 서울과 부산을 세 번 왕복할 수 있는 거리다. 처음엔 하루에 300km 남짓을 달리는 것도 힘들었지만 점점 적응되어간다.

일과는 단순해졌다. 아침은 빵이나 과일로 때우고, 점심은 주유소에 딸린 식당에서 보르시*나 이름을 알 수 없는 러시아 음식들을 사 먹는다. 수백 킬로미터를 달린 끝에 머무를 곳을 찾으면 직접 요리해 저녁을 먹는다. 한뎃잠을 자는 날이면 모닥불에 와인을 곁들이거나 별을 구경하기도 한다. 밤에는 여행 경로를 검토하거나 일기를 쓰고 잠이 든다.

그러다 보면 지루하지 않을까. 차라리 기차나 비행기로 이동 시간을 아끼고 여행을 충실히 하는 게 낫지 않을까. 여행을 준비하며 걱정 섞인 충고를 많이 들었다. 전혀 지루하지 않다면 당연히 거짓말일 테다. 엉덩이는 쑤셔오고 허리가 아프다. 종일 햇빛을 마주하느라 눈이 따갑고 가끔은 견디기 어려울 만큼 잠이 찾아오기도 한다.

그러나 나는 정말로 지루하고 싶었다. 지루할 정도로 스스로를 시베리아에 푹 담그고 싶었다. 시베리아의 풍광을, 드넓은 평야와 양옆으로 삐죽삐죽 뻗은 하얀 자작나무를, 소실점에

---

* 빨간색 비트를 끓이고 흰색 사워크림의 일종인 스메타나를 곁들여 만든 스프. 러시아를 비롯한 동유럽 국가들에서 자주 먹는 일종의 국민 음식으로 보통 빵과 함께 먹는다.

위치한 하늘과 나 혼자 달리는 끝없는 도로를 지루해질 만큼 향유하고 싶었다. 더는 보고 싶은 생각이 들지 않을 때까지 가득히 보고 싶었다. 그렇게 하면 이 풍경을, 차의 진동을, 창밖에서 안으로 휘감는 바람의 냄새를 여행이 끝난 후에도 잊지 않을 수 있을 것만 같아서였다. 그렇게 하면 언젠가 정주의 세계로 복귀하더라도 유목의 심장을 간직할 수 있을 것 같았다.

'네모의 꿈'에 맞춰 율동을 추던 어린 시절의 나는 아파트를 싫어했다. 아파트의 단면을 가로로 자르면 모두 같은 모양의 공간에 같은 자세로 누워 잠자고 있을 것 같아서, 그 모양이 기괴하다고 여겼던 것 같다. 비슷한 복장으로 비슷한 시간에 집을 나서고, 다시 비슷한 시간에 비슷하게 지친 채 돌아오는 사람들의 대열도 선뜻 이해하지 못했다. 네모나게 쌓인 상자 같은 집에 살다 보면 나도 네모난 상자가 될 것만 같았다.

나이가 들면서 정주민의 삶을 받아들이고 상상력의 스위치를 껐다. 어차피 다르게 사는 것이 더 어려웠다. n차 산업혁명의 시대라고는 하지만 획일화된 생산 시스템과 그에 걸맞은 노동자가 되는 것이 여전히 풍요의 원천이다. 갈등이 많으면 잘못된 것이고, 조용히 한뜻으로 모이면 좋은 것이라는 생각도 아직까지 강력하다. 그런 와중에 무언가 다른 것을 꿈꾸는 일은 오히려 지금의 삶에 견디기 어려운 환멸을 선사한다. 부적격자로 분류되지 않으려 틀에 맞는 옷을 입고 무력감에 스스로를 담갔다. 소묘를 색연필로 그릴 수는 없는 노릇이니까. 무채

색의 세계에 합류하는 것이 편했다.

그러나 시베리아의 하늘은 그런 나를 부인하듯 색색깔로 넘실댔다. 운전을 하며 온종일 차창 너머를 보고 있으면 같은 하루에도 하늘은 시간의 흐름과 날씨의 변화에 조응해 모습을 바꾼다. 아침에는 희뿌옇다가도 점심에는 새파랗게 옷을 갈아입는다. 늦은 오후에는 큰 구름이 뭉텅이로 끼고, 해 질 녘이면 태양이 끼얹은 붉은 물감이 구름을 따라 결겹이 하늘에 번진다. 낮과 밤이 경합을 벌일 때 하늘은 파란 동시에 붉었고 짙은 동시에 밝았다. 분홍이거나 연보라로 물드는 일도 잦았다.

밤하늘도 나는 전부 까맣기만 한 줄 알았다. 하지만 검정도 모두 다른 검정일 수 있다는 것을 이제야 깨닫는다. 낮을 맑게 반짝인 파랑이 미련을 거두지 못한 어스름의 밤과 달도 비치지 않는 가장 어두운 밤의 색깔은 달랐다. 새벽을 기다리는 어린 밤은 푸르면서 희었고 도시의 불빛이 별빛도 몰아낸 곳에서는 검붉은색에 가깝기도 했다.

그 모두가 하늘의 색이었다. 다 괜찮은 '하늘색'이었다. 또는 그렇게 이름 붙일 필요조차 없을는지도 모른다. 무수한 스펙트럼의 중간 어디쯤 있는 이름 없는 색깔도 충분히 아름답다. 그저 어딘가에 우두커니 서 있거나, 명명되지 않는 무언가를 하거나, 불리지 않는 누군가가 되는 것도 괜찮을지도 모른다. 내가 달리고 있는 길 역시 어디에 있다고 말할 수 없는, 러시아의 어느 도로 한 가운데일 뿐이었다. 그래도 나는 마음 가득히 괜찮았다.

때로 내면의 소란이 잠재워지지 않는 날이면 차를 몰고 아무 숲이나 찾아 들어가 캠핑을 했다. 평온한 가운데 머리 위로는 별이, 발치에는 모닥불이 반짝이는 곳. 하루를 머무르면서도 숲의 이름은 알지 못했다. 그저 어느 도로와 어느 도로가 마주치는 곳 근처라고 말할 수 있는, 지구의 가로선과 세로선으로만 위치를 찾을 수 있는 곳. 이름난 관광지보다 그런 곳들을 나는 더 사랑했다. 고요와 무명의 축복이 그곳에 있었다.

시간을 여행하는 일

D+43, 러시아 니즈니노브고르드

그을음처럼 눌어붙은 후회를 없애면 티 없는 사람이 될 수 있을 것 같았다. 마음의 고통이 주변으로 흘러넘쳐 타인에게 이유 없이 상처 주는 일을 반복하지 않을 수 있을지도 모른다고 생각했다. 그런 욕망이 고개를 들면 시간을 여행하는 몽상을 탐닉했다. 과거로 돌아가 나빴던 일들을 아예 일어나지 않은 것으로 돌려놓을 수 있기를 희망했다. 나를 아끼는 사람들은 그런 시간이 있기에 지금의 성숙한 네가 있다고 했지만, 그때는 그 말들을 받아들이기가 어려웠다. 그런 시간이 없으면 나는 더 좋은 사람이 됐을 것이라고 생각했다.

과거와 다투는 일이 무용하다는 것을 깨닫고 앞으로 가기로 하는 데는 어느 정도의 시간이 필요했다. 그런 결심 뒤에도 나는 자주 뒤를 돌아보며 그 시간들로 나를 돌려놓았다가, 다시

고개를 휘젓고 현재로 회귀했다가, 울었다가 결심했다가 주저
앉았다가 달음박질치기를 반복했다. 어떻게 보면 그 또한 일종
의 시간 여행이었다. 머릿속에서 여러 시간대가 나를 넘나들었
으니까.

　정말로 시간을 여행한 것은 러시아 중부의 도시 예카테린부
르크를 떠나 니즈니노브고로드로 갈 때의 일이었다. 이날 나는
하루 동안 1,006km를 운전했다. 특별한 생각이 있었다기보다
는 그냥 원 없이 달려보고 싶어서 액셀을 계속 밟았더니 그렇
게 됐다. 이렇게 긴 거리를 달리니 시간을 구분하는 기준선을
두 번이나 넘을 수 있었다. 서쪽으로 가고 있었으니 선을 넘을
때마다 한 시간 전 과거로 돌아간 셈이었다. 서로 다른 시간선

을 따르는 두 공화국*의 경계를 지그재그로 교차했을 때는 시
간이 한 시간씩 물러났다가 다시 돌아오기를 반복했다. 몇 번

* 러시아의 정식 명칭은 러시아 연방으로 여러 개의 주와 공화국으로 이루어져 있다.
 행정 편의상 같은 주나 공화국끼리는 같은 시간을 사용한다.

쯤 그러고 난 뒤에는 시계를 더 이상 보지 않았다. 제멋대로 바
뀌는 시간이라는 건 결국 아무런 의미가 없는 것이었다.

　　하루에 1천 킬로미터를 달리면 시간 여행 외에도 할 수 있
는 게 많았다. 구름보다 빠르게 달리면 날씨도 고를 수 있다. 서

울과 부산의 날씨가 다른 것처럼 거뭇한 먹구름도 100km쯤 달리면 벗어날 수 있고, 햇살 아래서는 엉금엉금 천천히 가면서 파란 하늘을 가급적 오래 즐길 수도 있었다. 그렇게 하면 비가 오든 안개가 끼든 문제 될 게 없었다. 끝없이 달리는 것만으로도 바꿀 수 있는 게 많았다. 무언가는 그런 와중에 무심히 극복되기도 했다.

어떤 시간에는 비구름 중에서도 유난히 짙은 것을 만났다. 그때는 정말이지 지치긴 했다. 와이퍼가 밀어내는 것보다 물이 차오르는 속도가 빨라 한 치 앞도 보기가 어려웠다. 한 시간쯤 꾸역꾸역 달린 다음에야 구름 너머로 고개를 내민 파란 하늘을 보고 안도의 한숨을 쉬며 차를 세웠다. 운전석을 뒤로 젖히고 남은 경로를 점검하고 있는데 사이드미러에 무언가 생경한 것이 보였다. 두 줄의 무지개가 초록색 밭 한 가운데로 떨어지고 있었다. 각도가 절묘해서인지 밭을 일구는 농부의 트럭과 무지개의 끝단이 마치 맞닿은 것처럼 보였다.

북유럽 신화에서 무지개는 신들의 세계로 향하는 다리다. 사물은 보이는 것보다 가까이에 있다는, 묘하게 낭만적인 문구 위로 휘어진 무지개는 조금만 달려가면 잡아챌 수 있을 것 같았다. 저 위에 올라타면 다른 시간이나 다른 행성으로 도망쳐 다른 삶을 살아볼 수 있을 것도 같았다. 불가능한 것은 알았지만 애초에 몽상이란 본래 가능성에 관한 것이 아니다. 그러기를 원하는지 스스로에게 던지는 질문이다. 너는 아직도 도망치고 싶냐고, 몽상이 자꾸만 내게 물었다.

시간을 돌리고 싶다는 생각은 어느 시점에 관뒀다. 바뀌는 것은 덧없다는 것을 알았기 때문이다. 무엇이든 마음대로 바꿀 수 있다면 결국 나는 어느 것도 사랑하지 않게 될 것 같았다. 앞서갔다 돌아오기를 반복하는 시계를 결국은 쳐다보지 않게 됐던 것처럼. 한편으로 바뀌지 않는 것이 소중하다는 것도 어느 정도는 알게 됐다. 과거를 없애면 더 나은 내가 될 수 있으리라 생각하기도 했지만, 변하지 않는 과거에 견디고 이해하고 적응하고 대화하며 용서했던 것들이 모두 나였다. 나날이 나아지는 중인 나였다.

차 안에 앉아 물끄러미 무지개를 바라보았다. 구름 뒤로 서서히 고개를 내미는 태양이 무지개를 몰아낼 때까지, 물방울 같은 몽상이 햇살을 맞아 공기 중으로 모두 흩어질 때까지 그것을 조용히 바라보았다. 다시 시간을 넘어 여행할 차례였다. 비는 전부 그쳐 있었다.

펑크 난 자동차를 끌고 모스크바로

갑자기 주행 중 경고등이 켜졌다. 타이어 압력에 이상이 생겼다고 계기판이 알려왔다. 급히 대로변에 차를 세우고 타이어를 이리저리 살폈으나 원인을 찾지 못했다. 한국이라면 긴급 SOS 서비스라도 불렀겠지만 말이 통하지 않는 이곳에서는 불가능했다. 급한 대로 비상용 에어 펌프로 공기압을 채우고 저속 주행으로 가는 수밖에. 마음 한편에 불안을 이고 엉금엉금 기어 모스크바에 도착했다.

세계에서 네 번째로 큰 대도시인 모스크바의 도로는 그 규모만큼이나 복잡하고 교통체증이 심했다. 도시에 진입한 뒤 30km를 지나오는 데 1시간이 걸렸고, 좁고 번잡한 골목길을 뚫고 차를 주차하는 것도 쉽지가 않았다. 오랜만에 찾은 대도시의 번잡함은 반갑기보다 난처했다. 화려한 도시의 사람들과 달리 흙이 잔뜩 묻은 내 운동화가 왠지 초라하게 느껴졌다.

모스크바는 이 긴 여행에서 첫 번째 관문이었다. 여기까지 오면 광활한 시베리아를 다 건넌 것이라고 봐도 무방했다. 사람도 재화도 많아 여행길이 한결 편해지는 유럽권의 초입이기도 했다. 출발 전 계획을 세울 때 나는 전체 여로를 2만km로 가정했는데, 블라디보스토크에서 모스크바까지가 딱 1만km쯤 되는 거리였다. 심적으로도 거리상으로도 여행의 고비를 넘은 셈이었다.*

모스크바에 도착하는 날을 오랫동안 기다렸다. 사람 없는 도로와 숲속을 전전하는 일은 고요하고 자유로웠으나 동시에 외롭기도 했다. 아무리 달려도 닿지 못하는 소실점을 향해 우직하게 나아가는 것은 생각보다 더 큰 인내를 필요로 했고 나의 마음은 자주 나약했다.

언제든 가고 싶은 곳으로 가려고 자동차 여행을 선택했지만 길 위에 서기 전에는 미처 알아채지 못한 것이 있었다. 나는 앞으로도 옆으로도 갈 수 있지만 뒤로 갈 수는 없다는 사실이었다. 보통의 여행자와 달리 자동차 여행자에게는 언제든 여행을 포기하고 귀국할 수 있는 '긴급 탈출 버튼' 같은 것이 없다. 비행기를 타고 열 시간 남짓이면 익숙하고 정겨운 본국의 공항에 내릴 수 있는 그런 간편한 방법을 나는 쓸 수가 없었다. 어

---

* 물론 얼마 지나지 않아 이는 계획을 짜는 데 서투른 사람의 착각일 뿐이라는 게 드러났다. 나는 최종적으로 약 3만 5천km를 달린 뒤에야 여행을 끝마칠 수 있었다.

떤 횡단 여행자는 중간에 여정을 포기하고 시베리아 횡단열차에 차를 실어 유럽까지 보냈다는 얘기도 들었지만 그러고 싶지는 않았다. 나도 자동차도 어찌 됐든 끝까지 동행해야 하는 신세였다. 차는 자유로움을 선사하는 마법의 신발인 동시에 나를 옭아매는 족쇄이기도 했다.

그러나 모스크바부터는 긴급 탈출 버튼까진 아니더라도 최소한 울면서 도망칠 길은 열린다. 모스크바에서 여행의 종착점인 포르투갈 호카곶까지는 4,600km밖에 떨어져 있지 않다. 차를 배에 태울 수 있는 스페인의 항구 도시 발렌시아는 그보다 더 가깝다. 직진한다면 열흘이면 넉넉히 갈 수 있는 거리다. 도망갈 수 있다는 사실은 그 자체만으로도 인간을 쉬이 구원한다. 위풍당당했던 첫 출발과 달리 나는 이곳에서도 도망칠 구석을 찾고 있었다.

모스크바의 숙소 주차장에서 타이어를 살펴보니 작은 나사못이 박혀 있었다. 다시 서비스 센터에 가야 하나 고민하다 돌연 직접 해결해보고 싶은 생각이 들어 팔을 걷어붙였다. 차에 있는 공구들로 못을 빼내고 구멍이 뚫린 자리는 임시 수리 키트를 이용해 고무로 메웠다. 처음 해보는 일이라 땀을 뻘뻘 흘렸다. 생각보다 오랜 시간이 걸렸지만 어쨌든 잘 마무리했다. 이렇게 할 줄 아는 것이 또 하나 늘었다.

나사못은 버렸다. 너는 어디서 왔을까. 또 누구의 차에서 떨어져 도로 한복판에 뒹굴고 있었을까. 나선마다 빠진 데 없이 녹슨 모습이 괜스레 측은했다. 제자리에 알맞게 조립되어 있었다면, 누군가 주의 깊게 살펴주었다면 차에 박힐 일은 없었을 텐데. 원치 않는 곳에 있다는 이유로 미움받거나 뽑혀 나가지 않아도 괜찮았을 텐데. 하긴, 있어야 할 곳에 있지 못하고 도로를 뒹구는 게 너뿐만은 아니다. 쫓겨나지 않을 제자리를 찾는 일은 사람에게도 똑같이 어려운 일이다.

언젠가 호카곶에 도달하는 날에는 제자리를 찾을 수 있을까. 아마 나는 그때에도, 그 뒤에도 그것을 찾을 수 없을 것이다. 막연하지만 뚜렷한 확신이었다. 그래서 나는 당분간 한껏 뒹굴어볼 요량이었다. 제자리를 알지 못하거나 제자리에 있지 않아도 괜찮다는, 머물렀던 곳에서 뽑혀 나가 다른 곳으로 가는 여정을 시작해도 괜찮다는, 그런 체감을 소유하기 위해 온몸으로 뒹굴 셈이었다.

D+48, 여전히 모스크바

원래는 호스텔 근처 바에서 보드카를 마시며 적당히 하루를 정리하려 했다. 한두 잔 마시다 보니 지갑의 두께에 비해 영수증이 너무 길어질 것만 같았다. 기억나지 않는 어느 도시의 마트에서 구입해 트렁크에 넣어둔 보드카가 생각났다. 손에 잡히는 대로 고르고 안주로 먹을 김도 몇 봉지 챙겼다. 호스텔 계단을 올라가는데 문득 부엌에서 술을 마셔도 되는지 자신이 없었다. 커피를 담던 텀블러에 보드카를 옮겨 담으니 용량이 딱 맞았다.

호스텔 부엌에 딸린 작은 공용 공간에는 이미 5~6명 정도가 모여 수다를 떨고 있었다. 대화를 주워들어 보려 했지만 대부분 러시아어를 쓰는 바람에 알아들을 수 있는 말이 몇 마디 없었다. 한편에 앉아 핸드폰을 하며 보드카를 홀짝이고 있었는데 머리가 반쯤 벗겨진 거구의 중년 남자가 내게 말을 걸었다.

"이봐, 너는 뭘 마시는 거야?"
"이거? 보드카야."
"에이, 농담하지 마"

그는 연신 손사래를 치며 내 말을 믿지 않다가, 텀블러에 코를 대고 냄새를 맡더니 보드카가 맞다며 야단법석을 떨었다. 그는 나를 '한국에서 온 스트롱맨'이라고 불렀다. 그렇게 대화의 물꼬가 터졌고 우리는 저마다 쟁여둔 안주와 술을 가져와 긴 수다를 떨었다. 나는 그들에게 말린 멸치와 고추장의 조합을 소개했는데, 한 번씩 찍어 먹어보고는 매운맛에 표정을 잔뜩 찡그리는 그들을 보며 한참을 웃었다.

어느 날에는 아르바트 거리의 벤치에 앉아 음악을 듣는데 붉은 얼굴의 한 중년 남자가 말을 걸어왔다. 우크라이나에서 왔다는 유라는 내게 담배를 줄 수 있냐고 물었다. 담배 한 개비를 건네자 그는 '러시아 와인'이라며 자신이 마시던 팩 와인을 내게 권했다.

유라는 스스로를 '거리의 사람'이라고 소개했다. 그는 담배가 필요해 말을 걸었지만 내 여행 이야기를 꽤 재밌어했고, 내게 러시아에서 꼭 먹어봐야 하는 것들을 하나씩 알려줬다. 또 자신의 고국인 우크라이나엔 아름다운 곳이 많다며 꼭 가보라

고 열을 내며 말했다. 알아들을 수 있는 것은 절반에 그쳤지만 그의 열성이 좋아 나는 연신 맞장구를 쳤다.

그렇게 담배 한 갑과 와인 한 팩을 비웠을 때 그는 잘 곳이 없다며 내게 적선을 부탁했다. 고민 끝에 그의 요청은 거절했다. 수중에 현금이 얼마 없기도 했지만 건네주고 나면 그와의 만남이 씁쓸하게 기억될 것 같아서였다. 아쉬운 표정이 스치기도 했으나 그는 활짝 웃으며 번역기에 작별 인사를 남겼다. 나의 친구여, 행운을 빌게. 안녕. 가볍게 포옹할 때 손에 닿은 그의 점퍼는 등 부분이 유난히 닳아있었다.

모스크바에서의 마지막 밤에는 낯선 이의 연애편지를 함께 썼다. 이날 저녁의 주인공은 인도에서 온 삼시르였다. 그는 호스텔의 다른 여성과 친해졌고 호감이 생겼으나 마음을 적절히 전할 방법을 몰라 고민 중이라고 털어놨다. 너무 직진하면 무례하다고 느낄까 봐, 망설이다 그냥 떠나면 후회할까 봐 이러지도 저러지도 못하고 있다고. 이런 사연에 가만있을 사람이 어디 있을까. 일단 의기투합해 편지를 한 장 써보기로 했다.

저마다 문화가 다르니 한 단어를 넣는데도 우리는 옥신각신했다. 스페인에서 온 남자가 어떤 문장을 제안하면 내가 그건 너무 많이 나갔다며 반대하고, 내가 다른 표현을 말하면 체코에서 온 부부가 동유럽권에서는 이렇게 표현해야 먹힌다고 고쳐주는 식이었다. 그렇게 인도와 한국, 스페인과 체코, 러시아의 연애 클리셰가 뒤죽박죽 섞인 짧은 편지가 완성됐다. 삼시르는 신난 표정으로 다음날 꼭 편지와 함께 마음을 전하겠다고 공언했다.

　다음날 머리를 비비며 부엌으로 나왔을 때는 이미 상황이 끝난 다음이었다. 편지의 수신인은 공교롭게도 아침 일찍 떠났고 삼시르는 떠나는 뒷모습에 허둥지둥 편지와 함께 자신의 SNS 연락처만 적어 건넸다고 했다. 편지의 답신을 받았는지는 모르겠다. 여행자의 인연은 그리 길게 이어지지 않으니 그게 마지막이었을 가능성이 더 높다. 그러나 아무렴 어떨까. 때때로 어떤 편지는 답신을 받지 못할 것을 알면서도 붙잡아 손에 쥐여 주고 싶은 것이니까.

"

러시아 정부가 옆 나라를 침공해 시민들을 살해하는 지금,
나의 이야기를 글로 전하는 것이 맞는지 오래 고심했다.

그때의 기억을 더는 그것 그대로 향유할 수 없어서 슬프기도,
러시아에서 만난 이들이 끔찍한 일을 당하거나
행했을까 두렵기도 하다.
그러나 내가 만났던 러시아를 그때의 감각으로 온전히
전달하는 것도 중요하다고 생각한다.
전쟁이 없던 시절의 사소한 일상을 되새기고 기록하는 것도
평화로 향하는 한 걸음일 수 있다고 믿는다.

"

2부

달과 별과 오로라, 북유럽

자동차로 국경을 넘다

어릴 적 장래희망은 천문학자였다. 엄마에게 떼를 쓰고 졸라서 장만한 쌍안경으로 달의 표면과 그 옆으로 아스라이 빛나던 화성을 처음 본 황홀함을 아직 기억한다. 나는 별과 우주를 이상하리만치 좋아했다. '수금지화목토천해명'이라는 마법의 주문을 구구단보다 일찍 외웠다. 조금 더 나이가 들어서는 별을 좋아하는 것만으로는 천문학자가 될 수 없다는 사실을 깨달았다. 그렇다면 차라리 학자 대신 우주 여행자가 되는 건 어떨까. 언젠가는 꼭 내 발로 달과 화성을 딛겠다는 몽상을 대신 키워나갔다.

한동안 잊고 지낸 오래된 꿈을 되새긴 것은 제정 러시아의 환상을 품은 도시 상트페테르부르크를 지나 핀란드의 국경으로 향하던 와중이었다. 새로운 세계로 발을 딛는 마음이 같아

서일까, 꿈결이 혈관을 타고 심장에까지 스몄다. 꿈이 쿵쿵대는 소리가 귀에까지 들려왔다. 액셀을 밟으면 들리는 엔진음이 오늘따라 요란했다.

자동차로 국경을 넘을 일이 있다면 꼭 새 여권을 장만해서 가라고 권하고 싶다. 비행기를 타고 입국할 때와는 달리 여권에 자동차 모양의 도장이 찍히는데 그 생김새가 무척이나 특별하고 귀엽기 때문이다. 일본과 중국, 베트남 등 휴가철에 종종 떠난 여행지에서 받은 도장에는 비행기가 그려져 있었다는 것도 나는 이번 여행에서 처음 알았다.

국경선을 따라 포진한 국경 검문소에 들어서면 여권과 자동차 등록증, 일시 수출입 서류 등을 제출하고 출국 심사를 받는다. 나인지 아닌지 아리송하게 생긴 여권 사진 탓에 의심 어린 눈초리를 받는 것은 비행기로 드나들 때와 똑같다. 비행기에 캐리어를 실을 때처럼 짐 검사도 받는데 마약견을 동행한 검문소 직원이 짐을 손수 뒤적이며 검사한다. 한국에서 챙겨온 가루약을 꺼내 들며 무엇이냐고 물었을 때는 긴장하기도 했지만 유약한 인상 덕인지 감기약이라고 답하자 별 문제 없이 넘어갈 수 있었다. 러시아 쪽에서 한번, 핀란드 쪽에서 한번 절차를 거쳐 새 나라의 여행자가 되는 데는 두어 시간이면 충분했다.

지나가도 좋다는 허락을 받고 자동차를 몰자 유럽 연합의 영토에 도착했음을 알리는 파란 표지판이 곳곳에서 나를 반겨왔다. 긴장이 풀리고 내 발로 1만 킬로미터를 달려 북유럽에 닿았다는 고양감에 차 안에서 덩실덩실 춤을 췄다. 러시아를 지나 새로운 미지의 세계에 한 걸음 내딛는 순간이었다. 이대로 스칸디나비아 반도의 오른쪽을 따라 쭉 올라가 유럽의 최북단, 노르웨이의 노르카프까지 닿을 계획이었다.

자동차로 국경을 넘으면 출입국 절차뿐 아니라 많은 것들이 달라진다. 비행기를 타고 여행하는 이가 처음 만나는 외국은 공항이다. 공항은 이미 낯선 이들을 환영할 준비가 되어있다. 만국 공용어인 영어는 물론 주요 언어들은 작게라도 현지어와 함께 표시되어있다. 공항에 내린 관광객이 관광 장소로 원활히 이동할 수 있도록 안내 서비스는 물론 버스와 기차 노선도 그에 맞춰 구성돼 있다. 관광지 역시 음식의 맛이나 상품의 질, 서비스가 어느 정도 여행자의 구미에 맞게 조정되어 있다. 서울의 외국인들이 많이 찾는 식당의 제육볶음이나 김치찌개가 영싱겁고 달기만 한 것처럼.

그러나 육로로 국경을 넘을 때 맞닥뜨리는 현지는 한결 날것에 가깝다. 서양 사람들에게도 마찬가지겠으나 좀처럼 육로로 다니지 않는 동양인에게는 더욱 차이가 크다. 여행자의 식성을 고려하지 않는 시골 마을의 식당에서는 현지인들의 입맛이 더 선명히 느껴졌다. 영어로 물어도 그 나라 고유의 언어로답이 돌아오는 일이 많고, 살면서 동양인을 처음 만났다는 이들도 부지기수다. 당연히 외지인의 편의를 위한 다양한 배려는 찾기 어렵다. 그런 경향은 수도를 비롯한 유명한 관광지로 가까이 갈수록 옅어졌다가 국경을 넘으면 다시 반복됐다. 관광객의 발길이 닿지 않은 곳에는 더 많은 미지가 있었다. 나는 그로부터 파생하는 경험들, 그 불편하고 고유한 것들을 여행하는 내내 사랑했다.

우리말에는 자동차로 국경을 넘어 여행하는 사람들을 지칭하는 표현이 없다. 그럴 일이 없기 때문이다. 반면 영어에는 '오버랜더(overlander)'라는 표현이 있는데, 직역하자면 '땅을 넘는 사람'이라는 뜻이다. 그러나 나는 그것이 우주를 건너는 일에 가깝다고 말하고 싶다. 편리하게 한 가운데 떨어지는 대신 행성의 열기를 온몸으로 느끼며 진입하는 일. 다른 것이 품은 중력에 영향 받으며 그에게로 건너가는 추락. 이렇게 보면 좋은 여행은 좋은 사랑과 닮았다.

핀란드의 한적한 숲길에 차를 세우고 깊게 숨을 쉬었다. 향긋한 나무의 냄새가 허파를 채웠고 공기는 기분 좋게 서늘했다. 좋은 착륙이었다. 어디로 갈지 정하기 위해 지도를 펼치니 남은 면이 많았다. 새로운 우주가 내게 어서 오라고 손짓하는 것만 같았다. 우주선처럼 웅웅대는 차의 진동음을 들으며 초록의 세계로 진입했다. 차에서는 비틀즈의 노래가 흘러나왔다.

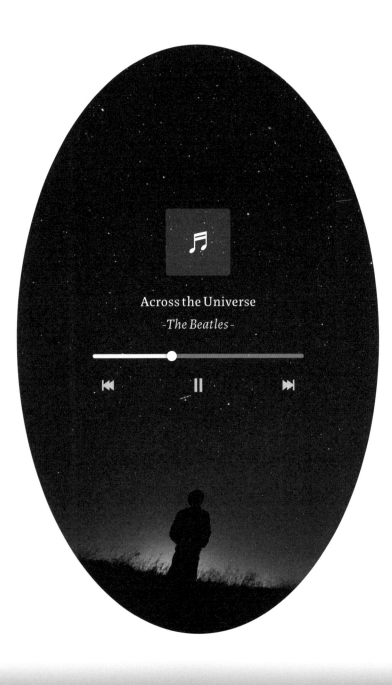

Words are flowing out
like endless rain into a paper cup
They slither while they pass
They slip away across the universe
Pools of sorrow, waves of joy
Are drifting through my opened mind
Possessing and caressing me

Jai guru deva, om
Nothing's gonna change my world
Nothing's gonna change my world
(…)

종이컵에 떨어지는 끝없는 비처럼
단어들이 흘러나와요
주르르 미끄러져 통과하면서
우주 너머로 떠나고 있어요
슬픔의 웅덩이와 기쁨의 파도가
내 열린 마음속을 표류하고 있어요
나를 소유하고 어루만지면서

자이 구루 데바, 옴
아무것도 내 세상을 바꿀 수 없어요
아무것도 내 세상을 바꿀 수 없어요

저기, 나 오늘 하루만 더 있을게

D+60, 핀란드 몬타 캠핑장

어젯밤엔 은은하게 비가 내렸다. 빗소리를 들으며 잠에서 깼다. 아, 오늘은 정말 떠나려고 했는데. 그러나 젖은 텐트를 그대로 집어넣으면 곰팡이가 생긴다는, 그래서 오늘도 떠날 수 없다는 너무나도 합리적인 핑계를 만들어내는 데 걸린 시간은 5분 남짓.

이제는 너무 자란 머리칼을 만지며 오늘도 캠핑장 안내소로 향한다. 수염이 덥수룩한 주인아저씨는 날 보며 말 안 해도 알겠다는 듯이 웃는다. 밤늦게 도착해 내일 떠날 거라고 말했던 게 사흘 전이었다. 그 이후로 아침마다 오늘 하루만 더 있겠다고 말하기를 반복하고 있었다. 귀찮게 구는 게 미안해서, 하루치 이용료를 테이블 위에 올려두고는 멋쩍은 웃음을 지으며 덧붙였다.

"오늘이 진짜 마지막이야."

첫날 오게 된 건 원래 가려던 캠핑장이 차량 진입이 불가능하다고 해서. 둘째 날 떠나지 않은 건 다른 캠핑장보다 좀 싼 것 같아서. 셋째 날은 어제 만들어둔 카레가 남았으니까, 넷째 날은 왠지 낮잠을 자고 싶어서. 오늘은 떠나려니 비가 와서.

사소한 이유들, 같잖은 이유들로 내 떠남과 머무름을 결정할 수 있어서 마음이 좋다. 서울에서는 항상 중요한 것들의 치고받음 속에 있었다. 주변의 모든 게 너무 중요해 보여서 내 공간과 시간을 숨쉴 틈 없이 채웠고, 나는 그것들의 부피에 숨 막혀했다. 그러나 적어도 이 여정에는 그런 게 없었다. 중요한 것들이 사라지니 마음속에 빈 공간이 생긴다. 그 틈은 사소한 것들이 채운다. 야채와 소시지를 듬뿍 넣어 만든 카레라거나, 잠깐 오고 가며 풀잎에 물방울을 얹는 소나기 같은 것들. 숨쉴 공간이 넉넉히 남았다.

캠핑장에서 보내는 이 무용한 시간 중 나는 햇살의 색깔을 구경하는 일을 가장 즐겼다. 오전에는 핀란드 전통 사우나를 즐긴 뒤 숲길을 산책했고 오후에는 의자와 접이식 테이블을 들고 나가 호숫가에서 시간을 보냈다. 무민 과자를 오도독 씹어 먹으며 커피를 마시면 햇살이 비친 호수와 수면에 흔들리는 숲이 하루에도 몇 번씩 옷을 갈아입었다.

오늘은 아침까지 구름이 가득했고 점심부터는 차츰 개기 시

123

작했다. 오후 네 시쯤에는 완전히 깨끗한 하늘이 됐고, 그동안 해는 동쪽에서 떠서 서쪽으로 졌다. 구름은 계속 움직이며 해를 가렸다 다시 드러내기를 반복했다.

그에 따라 햇살은 나무와 나뭇잎, 흙, 호수나 물웅덩이에 각기 다른 색을 부여한다. 자작나무는 한낮의 흰색도 됐다가 힘찬 새벽의 짙은 파란색도 됐다가 노을 지는 붉은색, 어스름의 연보라가 되기도 한다. 물의 색깔도 날씨와 시간에 따라 다르다. 자연의 색깔은 하나로 고정되지 않고 어떤 햇살을 받느냐에 따라 달라진다. 사람도 그런 걸까, 나도 이런 햇살 아래라면 더 싱그러운 사람으로 살 수 있을까. 호수에 얼굴을 비추며 나는 지금 어떤 색인지, 과거와는 다른 색인지 헤아려보기도 했다.

경로를 정하지 않고 핀란드에 입국했다. 헬싱키나 투르쿠와 같이 핀란드의 유명한 도시는 모두 남부에 있다. 그곳으로 갈지, 또는 북향할지 고민하다 후자를 택했다. 도시는 언젠가 돌아올 수 있을 테지만 숲으로 돌아올 수 있을지는 확신이 없어서였다. 모스크바와 상트페테르부르크라는 큰 도시들을 거치며 피로감이 짙어진 이유도 있었다. 평생 도시에만 살던 사람이 이런 말을 한다는 게 이상한 것은 알지만 나는 이제껏 겪어보지 못한 다른 햇살 아래 있고 싶었다.

핀란드 사람들은 핀란드를 자국어로 '수오미(Suomi)'라고 부른다. 호수와 늪의 땅이라는 의미다. 실제로 핀란드의 동남

부에는 수만 개의 크고 작은 호수들이 퍼져 있다고 한다. 그리고 그 호숫가를 둘러싸고 자작나무 숲과 캠핑장이 곳곳에 즐비하다. 운전하다 보면 여우와 산토끼, 너구리가 놀라서 도망치고 그들이 숨은 깊은 숲속 어딘가에는 마녀와 요정이 있을 것만 같다. 나는 이곳에서 호수를 전전하는 유랑객이 되어 파랑과 초록에 마음을 흠뻑 적시고 있었다.

내일은 정말로 떠날 것이다. 뚜렷한 이유 같은 건 없다. 양파가 떨어졌다거나 다른 오솔길을 걸어보고 싶다거나, 그 정도 이유일 테다. 또는 내일도 나는 너무나도 사소한 문제에 발목 잡혀서 이곳에 남을지도 모른다. 그런다고 해도 아무런 문제도 없을 거야. 나는 그걸 좋아하고 있나 보다.

산타를 만나다

핀란드에는 산타클로스가 산다. 물론 크리스마스 즈음에는 많은 부모가 산타가 되지만 핀란드의 산타는 조금 다르다. 무려 정부가 인정한 공인 산타이기 때문이다.

2차 세계대전에서 독일과 러시아의 고래 싸움에 낀 핀란드는 국토의 상당 부분이 다치고 허물어졌다. 특히 핀란드 중부의 작은 도시인 로바니에미는 90% 이상이 파괴됐다. 핀란드 정부는 복구 작업을 마친 뒤 이곳의 활기를 되살릴 방법을 고심하다 산타의 고향으로 선포하는 방법을 택한다. 산타는 원래 북극권 어딘가에 사는 것으로 알려졌는데 로바니에미가 마침 북극권의 초입이다 보니 얼추 끼워 맞춘 것이다. 마케팅 전략이 성공적으로 먹혀 들어 로바니에미는 세계에서 가장 유명한 산타마을이 됐다.

크리스마스까지는 아직 몇 개월 남았지만 북쪽으로 올라와 서인지 이미 날씨는 꽤 추웠다. 로바니에미에서 겨울옷을 몇 벌 보충하고 본격적으로 북극권으로 올라가기 전, 도시에서 5km쯤 떨어진 산타 마을을 찾았다.

방문객을 가장 먼저 반기는 것은 붉은 옷에 털모자를 쓴 '똔뚜'라는 이름의 요정들이다. 이곳에는 따로 정식 우체국도 있어서 성탄절 즈음이면 전 세계 어린이들로부터 편지가 도착하고, 여기에 답장을 써서 보내주는 것이 똔뚜들의 주요 업무다. 활기찬 인사에 멋쩍은 웃음을 짓고는 다른 이들을 따라 산타를 만나기 위해 길게 늘어선 줄에 합류했다.

10분쯤 지났을까, 짧은 기다림 끝에 내 순번이 왔다. 문을 열고 만난 산타는 우리가 익히 아는 그 모습 그대로였다. 볼록이라는 말이 부족할 만큼 불룩 튀어나온 배, 희고 풍성한 머리카락과 수염을 가졌고 코 위에는 얇은 금테 안경을 쓴 할아버지가 날 반겼다. 이불솜 같은 수염은 믿을 수 없을 정도로 숱이 많았는데 실제 본인의 것이라고 한다.

여기까지 어떻게 왔니, 산타가 물었다. 나는 차를 타고 왔다고 답했다. 이곳에 사냐는 반문에는 블라디보스토크에서 출발했다고 말했다. 그의 눈이 조금 커졌고 그렇게 시작된 여행 이야기를 그는 가끔은 놀라며, 가끔은 즐거워하며 들어주었다. 산타의 눈빛은 깊었고 수염 사이로 은은히 드러나는 웃음은 자애로웠다. 모두가 알면서도 속아주는 이 따뜻한 연극에 그와 함께 들어온 기분이 썩 괜찮았다.

안녕을 말하기 전 나는 산타에게 물었다.

"나는 삶의 의미를 찾는 여행을 하고 있어. 산타, 너는 행복이 뭐라고 생각해?"

"행복, 행복이라. 음, 좋은 감정 상태에서 자기가 하고 싶은 일을 하는 것 아닐까?"

내심 특별한 정의를 기대했는데 조금 뻔한 답이 돌아왔다. 아니, 어쩌면 행복은 원래 뻔하고 단순한 것인데 우리만 어렵고 복잡하게 생각하는 것일지도 모르겠다.

대화를 마치고 나면 똔뚜가 산타와 함께 사진을 찍어준다. 이 사진을 구입하려면 30유로 이상을 지불해야 해서 잠깐 망설이고 있었는데, 산타는 내게 선물을 주고 싶다며 사진을 그냥 가져가라고 했다.

"메리 크리스마스, 윤. 멋진 여행 이야기를 들려준 데 대한 보답이야!"

호탕하게 웃으며 눈을 찡긋하는 그의 모습에, 요 며칠 기온이 급격히 떨어지면서 한껏 쪼그라들었던 마음이 다시 넉넉해졌다. 가을의 첫머리에 뜻하지 않게 받은 크리스마스 선물이었다.

그런 말이 있다. 산타를 믿다가, 믿지 않다가, 결국엔 스스로 산타가 되는 것이 삶이라는.* 열 살 무렵 산타를 여전히 믿는다는 이유로 친구들이 바보라고 놀렸던 기억이 있다. 어린 마음에 얼굴이 시뻘게졌고, 그때 이후로는 누가 물어보면 산타를 믿지 않는다고 답했다. 그리고 지금까지 쭉 산타를 믿지 않는 단계에 와 있다. 언젠가는 그 다음 단계로 넘어가 스스로 산타가 되기 위해 하얀 거짓말을 하는 날이 올 수도 있겠다.

그러나 꼭 앞의 단계로만 가야 하는 걸까. 뒷걸음질은 안되는 걸까. 사실은 사람들 모두가 여전히 산타를 믿는 사회여도 괜찮을지도 모른다. 존재하지 않는 것에 대한 선한 상상력. 순수함이나 낭만, 희망에 대한 덧없지만 우직한 믿음. 우리 사회의 성분 표에 권장량보다 부족한 건 그런 것들이라고 생각했다. 산타를 믿지 않거나 스스로 산타가 되려는 사람들로 가득 찬 사회보다는, 군데군데 산타를 믿는 바보들이 끼어있는 사회도 좋을 것 같았다. 그런 곳이라면 덜 부유하더라도 더 자주 웃을 수 있지 않을까. 산타의 존재를 선포하는 일이 꼭 과거의 로바니에미에만 필요한 것은 아닐지도 모른다.

---

* 언어의 온도, 이기주

이나리 호수의 작은 숲

임순례 감독의 영화 '리틀 포레스트'는 세상살이에 지친 청춘이 시골로 도망쳐 스스로 돌아보는 시간을 보내는 이야기다. 극 중 김태리 배우가 연기한 '혜원'은 왜 돌아왔냐는 친구의 물음에 이렇게 답한다.

"배가 고파서."

살다 보면 종종 내 삶이 내 것이 아닌 것 같다는 느낌을 받을 때가 있다. 민주와 자유를 주의로 택하고 사는 사회에서 누구도 내 삶을 표면적으로 강제하거나 억압하지 않지만, 그렇다고 이것을 온전히 나의 것이라고 말할 수 있는 것인지. 삶이라는 원고지에 물음표는 연신 눌어붙었지만 마침표는 좀처럼 찍히질 않았다. 해내야만 하는 삶의 과제들은 컨베이어 벨트 위

부품처럼 연신 내게 달음박질쳤다. 나는 오도 가도 못하고 아픈 다리를 주무르며 그것들을 조립해야 했다. 그러나 나의 인내를 연료로 완성되는 조립품은 무엇인지, 완성된 다음 어디로 간 것인지는 알기가 어려웠다. 나는 그때 삶이 고팠다. 내 삶을 내가 소유했다는 감각이 고팠다.

캠핑, 특히나 와일드캠핑은 고달프다. 전기도 물도 없고 어느 정도의 위험도 뒤따른다. 비바람이라도 몰아치는 날에는 덜덜 떨면서 잠들어야 한다. 그러나 이 조그마한 곳에서 나는 자유롭다. 누구의 눈치도 보지 않고 홀로 내가 하고 싶은 사소한 일들을 한다. 해본 적 없는 요리를 시도하고, 나무를 모아 모닥불도 피워보고. 어수룩한 손길로 뭔가를 만들거나 고친다. 쓸데없는 일을 하는 게 이렇게 행복하다는 것을 필요한 일만 해내기에도 바빴던 시절에는 알지 못했다. 내가 머무르는 숲과 호수는 나의 것이 아닐지라도, 그곳에서 보내는 시간은 온전히 나의 소유였다. 그래서 조금 춥고 불편할지라도 나는 고프지 않을 수 있었다.

밤 산책을 하다 멀리서 모닥불이 타오르는 것을 보고 다음 날 무턱대고 찾은 캠핑 사이트가 무척이나 훌륭했다. 뒤쪽으로는 나무에 둘러싸여 비밀스러웠고 앞으로는 호수가 파란 하늘을 품고 누워있었다. 어제 모닥불을 피웠던 사람들은 모두 떠난 뒤였다. 오늘 하루는 나만의 숲인 셈이다.

아이스박스를 뒤적이다 샌드위치를 만들어보기로 했다. 비

135

상식량으로 뜯어먹던 식빵에 양배추를 올리고, 예전에 사둔 달걀과 양파, 소시지를 볶아 안에 넣고 바나나까지 썰어 넣으니 모양이 괜찮았다. 캠핑 의자에 앉아 호사스러운 샌드위치를 우걱우걱 먹고 있으니 마음이 흡족했다.

이제 나는 자작나무 껍질로 혼자서도 불을 잘 피우게 됐다. 알렉산드리치가 가르쳐준 덕분이다. 저녁에는 모닥불에 소시지를 구워 먹으며 와인과 함께 영화를 봤다. 집중해서 보느라 시간이 가는 줄도 몰랐다. 끝날 무렵 고개를 들었을 때는 눈앞에 이미 별세계가 펼쳐져 있었다.

하늘을 도화지로, 호수를 거울 삼아 눈앞을 홀연히 메운 것은 청록색의 오로라였다. 태양에서부터 우주를 건너 도달한 빛은 재능 있는 젊은 화가의 붓처럼 휘황한 물감을 곳곳에 뿌렸다. 물감은 호수에까지 내려앉아 초록을 끼얹었다. 오늘만은 밤하늘의 뭇별도 조연이었다. 왼쪽 하늘로는 아직 작별하지 못한 노을이 아슴푸레 남아있었다. 목이 아플 때까지 고개를 들었다. 눈이 아플 때까지 눈을 떴다. 저 화가의 붓질을 파편만이라도 마음에 담으려 찬란한 밤의 끝자락을 무던히도 붙잡았다. 언젠가는 만날 우주를, 나의 오래된 미래를 다시 떠올렸다.

우리 행성에서의 삶도 그리 나쁜 건 아니구나. 그런 천진하고 거만한 생각도 오늘만은 괜찮을지도 몰랐다. 아니, 괜찮았다. 오늘의 원고지에는 물음표가 필요하지 않았다.

유럽의 북쪽 끝, 노르카프에 닿다

D+70, 노르웨이 노르카프

꽤 오래전의 이야기다.

숨을 쉬듯 미움이 찾아오면 나는 아프지도 않은데 감기약을 먹고 잠들었다. 몽롱한 상태로 의식의 스위치를 끄면 평소보다 더 생생한 꿈을 꿀 수 있었다. 그곳에서 나는 자유롭게 부유했다. 만날 수 없는 사람을 만나고 할 수 없는 일을 해냈다. 그러다 보면 누군가 찾아오고 어디론가 추락하며 잠에서 깼다. 개운치 않은 기상 뒤에 이어지는 건 지독한 감정의 낙차였다. 그런 날에는 담배 연기를 연거푸 빨아들여도 속이 나아지지 않았다. 들이쉬는 것은 많은데 가슴에서 내보낼 수 있는 것은 얼마 없었다.

닿을 수 없는 곳에 닿으면 될 수 없는 것도 될 수 있고 누군가를 안을 수도 안길 수도 있을 것 같았다. 소원하는 것을 가지면 가진 것을 혐오하는 못난 심보도 잠재울 수 있을 것 같았다. 마음의 고열에 시달리는 날에는 의사의 처방보다 이런 어수룩한 욕심이 내게는 더 효험이 있었다.

노르웨이의 도로를 달리는 자동차가 찍힌 사진을 본 적이 있다. 언제 어디서 봤는지도 기억하지 못하지만 그 장면만은 뇌리에 선명히 남았다. 육지로 향하는 바다의 마음은 절벽을 깎아내고 절벽 밑으로 도로가 놓였다. 사진 속 바다는 여전히 순애를 철썩이고 사랑하는 마음과 깎인 마음 사이로 자동차는 유유히 자신의 길을 가고 있었다. 나도 그렇게 달리고 싶었다. 닿을 수 없는 것들의 손을 잡고 앞으로, 앞으로 가고 싶었다. 노르웨이에도 땅이 끝나는 곳이 있다는 말에 별 생각 없이 이곳을 꼭짓점으로 정했다. 그렇게 욕심이 꿈이 됐고 상상이 됐고 계획이 됐고 핀란드를 지나 북쪽으로 향하니 어느새 내 앞에 와있었다.

모든 여행지를 통틀어 노르웨이에서 운전하는 것이 가장 힘들었다. 기본적으로 이곳의 도로는 폭이 매우 좁고 대부분 중앙선이나 가드레일이 없다. 산을 깎고 터널을 뚫어 길을 마련한 우리와 달리 산세를 따라 길을 놓은 경우가 대부분이라 급경사도 많고 헤어핀*도 심심찮게 볼 수 있다. 순록과 양 떼가 튀어나와 급하게 속도를 줄이는 일도 잦았다. 그런 길을 몇 시

---

* 주행로가 U자 모양으로 급격하게 구부러진 커브

간씩 운전하고 있노라면 온통 진이 빠졌다.

그래도 이틀쯤 지나니 나름대로 적응이 됐는데, 난관은 또 있었다. 운전하며 만나는 풍경이 지나치게 경이로워서 눈을 두지 않을 곳을 찾기가 어려웠다. 바위산은 거대했고 절벽은 드높았다. 그 사이를 에메랄드 빛깔의 피오르드가 가로지르며 육지를 어루만졌다. 바다는 쨍한 햇볕을 받아 백색이다가 하늘을 안고 푸르다가 또 어떤 날에는 청록이다가 남색이다가 내가 알지 못하는 색깔이기도 했다. 좋은 시집과 같이 멈추고 곱씹어야 하는 문장들이 많아서 나는 연거푸 차를 세우고 시간을 보내야 했다. 내가 맞닥뜨린 곤경이 이 문장들을 온전히 남겨두기 위한 것임을 깨닫는 데 그리 오랜 시간이 걸리지 않았다. 유럽의 최북단 노르카프로 올라가는 여정은 그래서 엉금엉금 느렸다.

노르카프 근처 캠핑장에서는 덴마크부터 이곳까지 한 달 반을 달려왔다는 자전거 여행자를 만났다. 4천 킬로미터를 어떻게 자전거로 달릴 생각을 했냐는 질문에 그냥 해보고 싶었다고 말하는 그의 자유로움을 나는 곱씹어도 알 수 없었다. 반대로 블라디보스토크에서 이곳까지 어떻게 자동차로 올 생각을 했냐는 질문에 그냥 새로운 삶을 살고 싶었다고 답하는 나의 궁색도 그는 알 수 없었을 것이다.

비행기나 기차를 이용한 여행은 점에서 출발해 점에 도착하는 반면, 자동차나 자전거, 도보를 이용한 여행은 점과 점 사이를 선으로 잇는다. 선에는 선만의 이야기가 있다. 우리는 각자의 텐트가 보슬비에 젖는 동안 산장으로 피신해 선에 관해 이야기했다. 어쩔 수 없지 뭐, 내일은 마를 테니까, 쿰쿰한 냄새도 맡다 보면 익숙해져, 그런데 건강에 좋지는 않대, 너는 오래 살고 싶구나, 나는 비루하게 사는 것보다 존엄하게 죽고 싶어, 자유라는 것은 그런 거야, 나는 그래도 살고 싶어, 오래오래, 우리가 존재하는지도 몰랐던 아름다운 것들이 이렇게 많으니까, 그렇구나, 선을 그리며 나아가다 보면 분명히 또 발견할 수 있을 테니까, 너는 분명히 그럴 수 있을 거야, 이곳까지 씩씩하게 왔으니까, 너의 선은 비뚤어도 끊어짐이 없으니까.

다음날 비가 그친 틈을 타 노르카프로 올라갔다. 북극권의 추위도 이겨내고 자란 툰드라의 초록 대지와 몇 개의 헤어핀을 지나면 절벽 위로 툭 튀어나온 곳이 있다. 유럽의 북쪽 끝으로 선포되어 있는* 노르카프는 내 여행의 최북단이기도 했다. 곶 위에는 지구의 모양을 본뜬 조형물이 덩그러니 서 있다. 사람들은 그 앞에서 약속이라도 한 것처럼 바다를 보고 있었다. 바다를 향하는 사람의 마음이 다닥다닥 늘어서 있었다.

노르카프 지구본의 두 철골이 겹치도록 바다 쪽으로 서면 그 앞에는 북극이 있다고 한다. 끝없는 북극해를 멍하니 응시했다. 보이지 않지만 언젠가 닿을 수는 있을 것이라고 생각하

---

* 노르카프 바로 옆에 위도상 조금 더 북쪽인 크니브쉘로덴이라는 곳이 있다. 그러나 접근이 어려운 탓에 노르카프가 유럽의 실질적인 최북단으로 선포되어 있다.

다가도 아마 그럴 수 없으리라 낙담하기도 했다. 그렇더라도 닿을 수 없는 곳에 닿으려는 마음을 사탕처럼 입안에서 굴리는 것은 늘 그렇듯 효험이 있었다. 그날 나의 마음은 바다를, 그 끝의 얼어붙은 신기루를 향해 있었고 바다는 내가 디딘 육지로 계속해서 철썩이고 있었다.

젖은 텐트 안에서

빗물이 얼굴 위로 방울져 떨어진다. 대학 시절 몇 번이고 갔던 농활에서 수박을 삼키며 맞았던 비처럼 향긋한 흙내음을 안고 있었다. 차이가 있다면 그때는 한여름이었으나 지금은 겨울로 넘어가는 가을의 끝물이라는 점, 그때는 샤워 공간이 있는 튼튼한 마을회관에 머물렀으나 지금은 작은 텐트와 자동차가 내 몸을 뉘일 전부라는 점이랄까.

해는 잠깐 떴다가도 저녁쯤에는 도루묵으로 비를 뿌렸다. 선조 임금이 씩씩대며 생선을 내팽개친 이유를 알 것도 같았다. 나도 캠핑이고 나발이고 그만두고 지붕과 벽이 있는 곳으로 도망치고 싶었으니까. 하지만 나는 왕도 아니고 텐트도 생선이 아니었으며 숙소를 구할 돈도 없었다. 푹 젖은 수건으로 푹 젖은 텐트를 닦으며 버텨보는 수밖에 없었다.

자동차 엔진에서 나는 불길한 소음이 문제의 시작이었다. 시동을 걸면 이전과 달리 날카로운 금속음이 섞인 소리가 났다. 생각해보니 엔진오일을 교체할 때가 된 것도 같았다. 시간상으로는 얼마 되지 않았지만 이르쿠츠크부터 달려왔으니 거리상으로는 교체 주기를 넘긴 지 오래였다. 노르카프에서 내려오는 길에 이곳저곳 정비소를 들러봤지만 부품이 없어서 최소한 일주일은 기다려야 한다는 답을 들었다.

한 장소에 일주일이나 있을 수는 없었다. 러시아에서야 그렇다 치더라도 유럽에 들어온 이후로는 연속 체류 기간을 90일로 제한한 솅겐 조약 탓에 하루하루가 귀했다. 그렇다고 엔진오일 교체 없이 하루에 수백 킬로미터씩 달리기에는 차에 부담이 클 것 같았다.

고민 끝에 찾아낸 묘수가 로포텐 제도에 가는 것이었다. 로포텐은 노르웨이 서쪽 해안선에서 왼쪽으로 가지처럼 삐죽 뻗은 섬들의 집합이다. 로포텐으로 들어가기 전 정비소에 들러 약속을 하고, 일주일간 제도를 여행하다 돌아 나올 때 엔진오일을 교체하면 시간이 딱 맞겠다 싶었다.

계획은 좋았는데 날씨가 나빴다. 일주일 중 마지막 이틀 정도를 제외하고는 계속 비가 왔다. 평소에는 비가 오면 떠나버리면 그만인데 여기서는 정비 약속 탓에 발목이 잡혔다. 바이칼이 떠올랐다. 왜 나는 떠날 수 없을 때마다 비구름을 만나는 걸까. 헤엄치지 않으면 가라앉는 상어처럼 앞으로 가지 않으면 악재를 만나는 것인가, 영문을 알 수 없었으나 알든 모르든 달라질 것도 없었다.

물가가 흉한 북유럽에서도 가장 비싼 노르웨이이기 때문에 숙소에 들어가는 것은 불가능에 가까웠다. 식료품도 주유비도 너무 비싸 이미 하루 예산인 10만 원을 초과하는데, 거의 이틀치 예산에 달하는 돈을 하룻밤을 위해 지불할 수는 없었다. 폭우가 오지 않는 이상 버텨보기로 했고 그렇게 일주일간 나날이 추워지는 북극권의 밤을 푹 젖은 채 보냈다. 독한 감기에 걸리는 것도 어쩔 수 없는 일이었다. 로포텐을 두고 사람들은 '알프스를 바다에 담가둔 곳'이라고 말했는데 어쨌든 나도 무언가에 담가지긴 한 것 같다고 생각했다.

일주일 만에 다시 만난 정비소 직원은 씩 웃으며 따봉을 날렸고 나는 희미한 웃음과 함께 로포텐을 떠났다. 소음을 씻어낸 엔진음을 행진곡 삼아 되는대로 바퀴를 굴려 남쪽으로 내려왔다. 맑게 갠 하늘과 한결 부드러워진 바닷바람에 몸을 맡기니 오한도 그제야 잦아드는 것 같았다.

밤에 저녁을 먹고 텐트로 다박다박 걸어오는데 저 멀리 호수 한편이 반짝반짝 빛나고 있었다. 야밤의 호수에 오징어잡이 배라도 띄운 것일까. 도깨비불에 홀린 사람처럼 마음이 동해 광휘의 근원을 찾아 밖으로 나섰다. 나뭇가지로 풀숲을 휘저으며 십 분쯤 걸어간 뒤에야 도깨비불의 정체를 알았다. 다름 아닌 밝은 달빛이었다. 구름 사이로 고개를 내민 달이 어찌나 밝은지 호수에까지 내려와 반짝이고 있었다.

사무치는 연정을 달빛에 실었던 어느 시인의 마음을 떠올렸다. 이런 달 아래서는 사랑하는 이에게 달이 떴다고 전화를 걸 수밖에 없으니 마음은 신나고 밤은 근사할 것이었다. 이렇게 전혀 이해하지 못했던 시인의 마음을 불현듯 깨우치는 순간은 귀하다. 온 삶으로 한 구절을 겨우 깨닫고 나면 시와 삶을 사랑하지 않을 수 없게 된다.

밤에는 은은한 오로라가 북두칠성을 휘감아 운치를 더했다. 하늘이 병도 주고 달과 별과 오로라도 선물하는 날이었다. 내일이면 북극권을 떠나므로 오로라를 보는 것은 오늘이 마지막이었다. 예고 없이 난입해 밤하늘의 색을 바꾸는 이 초록의 춤꾼들을 살면서 다시 볼 수 있을까. 불가능한 일은 아닐 것이다. 그러나 그때가 오더라도 지금과 같은 느낌은 없을지도 모르겠다고 생각했다. 작은 텐트 안에서 덜덜 떨다가도 추위를 잊고 뛰쳐나가는 이 젊은 시절. 감기로 코를 훌쩍이면서도 텐트의 창문은 쉬이 닫지 못하고 별빛을 문신처럼 눈에 새겼다.

달이 떴다고 전화를 주시다니요.

김용택

달이 떴다고 전화를 주시다니요
이 밤 너무 신나고 근사해요
내 마음에도 생전 처음 보는
환한 달이 떠오르고
산 아래 작은 마을이 그려집니다
간절한 이 그리움들을
사무쳐 오는 이 연정들을
달빛에 실어 당신께 보냅니다

세상에,
강변에 달빛이 곱다고
전화를 다 주시다니요
흐르는 물 어디쯤 눈부시게 부서지는 소리
문득 들려옵니다

녹아내리는 빙하의 시간

무엇이든 첫 경험은 쉽게 잊히지 않는다. 첫사랑 타령을 빼놓고 보더라도 대부분의 처음이 그렇다. 처음 스키를 탔던 날의 낭패감, 난생처음 봤던 별무리, 첫 음주의 기분 좋은 알딸딸함, 대학교 첫 개강 날의 기온과 얼굴을 스치던 바람의 결, 또 광주에서 처음 홍어를 먹었을 때 코를 쏘았던 알싸한 맛…. 무수한 처음들이 나이테처럼 내 몸에 아로새겨져 있다. 살면서 강렬한 일들을 많이 겪지만 처음의 기억은 항상 유난하다.

사람의 도서관이 있다면 책의 첫 장에는 각각의 처음들이 필요할 것이다. 나의 우주에 관해 쓴다면, 어린 시절 엄마가 몰던 오래된 엘란트라를 타고 여행가던 날 보았던 별밤으로부터 시작할 것이다. 나의 스키의 역사는 초급 코스도 타지 못하는 어린 아들을 위해 한 손에는 스키를, 한 손에는 고사리손을 잡고 언덕을 오르던 엄마의 뒷모습으로부터 쓰여야 할 것이다. 그 처음들이 있었기에 이후의 이야기도 쓸 수 있었다.

노르웨이 중부의 스바르티센 국립공원을 찾은 것도 난생처음 빙하를 만나기 위해서였다. 스바르티센 빙하는 살트펠라 산의 정상부 약 370평방 킬로미터를 뒤덮고 있어 노르웨이에서 두 번째로 크다. 맑은 날을 고르고 골라 운동화 끈을 동여매고 빙하가 있는 곳으로 향했다.

성수기에는 근처까지 차를 몰고 들어와서 보트를 타면 빙하 근처까지 갈 수 있는데 비수기라 도로도 막히고 보트도 운행하지 않았다. 차를 주차하고 2km쯤 흙길을, 4km는 호수를 따라 반쯤 물속과 반쯤 돌 위를, 다시 3km쯤 완만한 경사의 바위산을 걸었다. 가본 산이라고는 북한산과 동네 뒷산이 전부였기에 이것만으로도 내 다리는 버거워했다. 그런데 이게 웬걸, 9km를 걸어와 도착한 곳은 멀찍이서 빙하의 끝자락을 볼 수 있는 뷰 포인트에 지나지 않았다. 저 뒤로 분명히 거대한 빙하가 보이는데 여기서 끝내기엔 아쉬웠다. 처음을 이렇게 허무하게 기록할 수는 없었다.

더 가보기로 했다. 정식 루트가 아니어서 길잡이 표식도 없는 길을, 대략의 방향만 잡고 앞서간 여행자들이 세워둔 작은 돌탑에 의지하며 올랐다. 물과 빙하가 존재했던 흔적이 돌구릉을 이루고, 키의 두 배쯤 되는 암벽도 많아 등산 스틱을 등에 메고 네발로 기어올라야 했다. 한 시간 정도 껠떡인 끝에 거대

155

한 빙하를 한눈에 조망할 수 있는 봉우리 정상에 도착했다.

아무도 없는 정상에서 들국화의 '그것만이 내 세상'을 틀어두고 텀블러에 담아둔 인스턴트커피를 홀짝였다. 지친 발을 꼼지락대고 바나나를 까먹으며 산 정상에서부터 내려와 호수로 팔 뻗은 빙하를 바라보았다. 스바르티센은 옛 노르웨이어로 '검은 얼음'이라는 뜻인데 희고 푸른 빙하에 먼 옛날 그런 이름이 붙은 이유를 아직도 정확히 알 수가 없다고 한다. 어쩌면 저 안에는 검은 밤이 얼어붙은 채 웅크려있는 것일까, 인간의 열기가 세상의 얼음을 모두 녹이고 나면 허리를 펴고 일어나 세상을 온통 새까맣게 물들이는 것은 아닐까. 흰 것 앞에서 슬며시 흰생각을 해보기도 했다.

그리고 이윽고 수명 단축의 주범이라는 '여기까지 왔는데' 병이 어김없이 고개를 들었다. 저 매혹적인 푸름의 바로 앞까지 다가가 살갗을 대보고 싶었다. 조금 서두르면 해가 지기 전에 돌아갈 수 있을 것 같았다.

내려가는 길은 올라오던 것보다 훨씬 아찔했다. 실수로 놓친 등산 스틱이 통통 튕기며 암벽 아래로 낙하하는 것을 보고는 간담이 서늘했다. 5미터쯤 되는 바위벽을 붙잡고 엉거주춤 내려가다 발을 헛디디는 바람에 밑으로 떨어지기도 했다. 그렇게 매달리고 눕고 엎드리고 미끄러진 끝에 빙하 앞에 도착했다.

눈앞에서 본 빙하는 과연 영롱했다. 하얀 겉면 안쪽으로 세

월이 얼어붙은 채 푸르게 빛을 냈다. 그런데, 너무 빠르게 많이 녹고 있었다. 영하의 날씨인데도 위에서부터 녹아내린 빙하의 잔해가 누군가 수도꼭지라도 튼 것처럼 거센 눈물로 흘러내리고 있었다.

북극곰의 생존이나 지구의 위기 같은 것들을 생각할 법도 했지만 그 순간 마음속에 떠오른 것은 엄마의 얼굴이었다. 여행을 좋아하는 엄마는 여행을 다닌 적이 별로 없다. 시대 상황이나 경제적 곤란, 자라나는 어린 것들이 엄마를 붙들었다. 그리고 그 시간을 가장 많이 훔친 건 아마도 나일 것이다. 앞으로 살면서 갚아나가야지, 엄마에게도 이 아름다운 곳들을 직접 보여줘야지. 빚진 마음이 아려올 때마다 다짐했다. 그러니까 빙하가 이렇게 빨리 녹아버리면 안 되는 거다. 엄마가 와서 볼 수가 없으니까.

여기 너무 멋지다, 다음에 꼭 같이 오자. 한국의 가족과 통화할 때마다 나는 자주 공언을 던졌지만 엄마의 반응은 시큰둥했다. 사실은 그러기 어려우리라는 것을 나는 알면서도 모른 체했다. 올해는 일이 바쁘니까. 내년에는 집에 돈 들어갈 일이 많으니까. 그러고 나면 취업을, 결혼을 해야 하니까. 그렇게 한 해 두 해 미루는 사이 엄마는 더 나이가 들고 우리가 함께 쓸 수 있는 책은 줄어갈 것이다. 어쩌면 진짜로 녹고 있는 것은 빙하가 아니라 엄마의 젊음일지도 몰랐다. 그걸 알면서도 비겁해지기는 싫은 마음에 애꿎은 빙하만 탓했다.

해가 모두 진 다음에야 스바르티센 근처 조그만 마을의 숙소에 도착했다. 벽에는 옛 스바르티센 빙하의 모습을 담은 사진이 액자에 걸려 있었다. 휴대전화 속 오늘 찍은 사진과 비교하니 세월의 변화가 시리도록 선연했다. 그때는 호수까지 닿았던 빙하의 팔이 이제는 한참 안쪽에서 그치고, 그 아래로 짙은 갈색의 구릉만 누군가의 주름처럼 속절없이 남아있었다.

배고파서 더는 못 걷겠어

D+91, 노르웨이 트롤퉁가

노인처럼 허리를 굽히고 어기적어기적 트롤퉁가의 산길을 내려가고 있었다. 배가 고픈 건지 아픈 건지 이제는 분간이 안 될 지경이었다. 아까 먹은 이름 모를 산열매가 문제였을까. 앞으로 10㎞는 넘게 남았는데 어떻게 해야 하지. 밤의 어스름은 멀리서부터 스멀스멀 다가와 이제는 발치 앞을 어두컴컴하게 물들이고 있었다. 어둠이 이렇게 무서웠던 적도, 굶주림이 이렇게 막막했던 적도 처음이었다. 머리를 아무리 굴려도 타개할 방법이 떠오르지 않았다. 잰걸음에 박차를 가해도 속도는 나지 않았다.

노르웨이는 전 세계 등산객들이 사랑하는 나라다. 곳곳의 바위산이 주는 탁월한 풍경을 보러 많은 이들이 장비를 챙겨 이 나라를 찾는다. 다른 곳에서는 등산을 생각조차 하지 않았던 나도 노르웨이에서는 꽤 많은 곳을 오르고 걸었다.

트롤퉁가는 노르웨이어로 '거인의 혀'라는 뜻이다. 깎아지른 바위 절벽에 올라 한눈에 링게달 호수를 내려다볼 수 있고 마치 혓바닥처럼 튀어나온 바위의 첨단에서 찍는 인증 샷이 유명해 노르웨이 3대 하이킹 코스로 꼽힌다.

전날은 등산로 초입에 있는 주차장에서 차박을 했다. 아침에 일어나 적당히 컵라면으로 끼니를 때우고 등반을 시작했다. 왕복 28km의 산길을 걸어 해발 1,100m를 오르는 꽤 긴 산행이었다. 시작하는 마음은 당찼지만 금방 지쳤다. 전날 잠을 제대로 못 잔 탓인지 그간 체력이 떨어진 탓인지 숨이 너무 쉽게 차올랐다. 그래도 여기까지 왔잖아, 일단 가보기로 마음을 다독이고 계속 걸었다. 처음이 가장 힘들고 고통은 언젠가 적응된다는 건 삶에서 빼놓지 않고 가져가는 소중한 마음가짐 중 하나다.

목적지까지 절반에 해당하는 7km 지점을 계획보다 일찍 지나게 돼 한숨 돌리고 구석에서 잠깐 쉬었다. 벌써부터 눈에 보이는 풍경이 훌륭했다. 토르의 망치질로 빚어낸 듯한 기암절벽 사이로 놓인 짙푸른 색의 호수가 우아했다. 역시 오길 잘했어, 더 가보자고. 몸을 훌훌 털고 뒤를 돌았는데 길잡이 돌이 보이지 않았다. 노르웨이의 산은 우리나라와 달리 등산로가 분명하지 않아서 빨강 또는 노랑으로 색칠된 길잡이 돌을 따라가야 하는데 이걸 놓쳐버린 것이다. 다른 등산객도 보이지 않고 휴대전화에 설치한 나침반 애플리케이션도 먹통이 됐다. 기억에 의존해 길을 가는 수밖에 없었다.

정반대로 왔다는 사실을 알아챈 것은 이미 30분 정도 걷고 난 다음이었다. 조금만 더 가면 길잡이 돌이 나올 거라며 좌고우면하지 않았던 우직한 신뢰가 발목을 잡았다. 패닉이었다. '다시 돌아가는 데 30분을 쓰고, 거기서 다시 7km를 가려면….' 일몰 전에는 내려가야 하는데 시간이 많지 않았다. 급하게 원래 있던 장소로 돌아가려 발걸음을 재촉했다.

그러던 중에 작은 협곡을 만났다. 뛰어넘기에는 자신이 없고 우회하자니 너무 많이 돌아가야 했다. 기웃대며 눈대중해보니 어찌어찌 유연성을 발휘해서 조금만 밑으로 내려가면 건널 수 있을 것 같았다. 오만한 오산이었다. 급할수록 돌아가라는 옛말이 괜히 있는 게 아닌데. 폭이 좁은 곳까지 엉거주춤 내려가려다 발을 헛디뎌 미끄러졌다. 다치지 않은 것만 해도 다행이었지만, 영하의 날씨에 가슴 아래로 몸을 온통 물에 적시고 말았다.

몸을 추스르고 다시 올라왔을 때는 정말 시간이 얼마 남지 않은 상황이었다. 포기하고 돌아갈까 다시 고민했지만 그럴 용기가 내게는 없었다. 돌아가서 차 안에 앉으면 우두커니 밀려올 쓴맛을 감당할 수가 없을 것 같았다. 그때부터 뛰기 시작했다. 정상에서 내려오는 다른 등산객들의 시선에서 의아함이 느껴졌다. 조그마한 동양인 남자애가 온몸이 젖은 채로 뛰고 있으니 그럴 법도 했다.

목표했던 트롤퉁가 정상에 도착한 것은 거세게 차오르는 숨을 뱉어대며 몇 번의 고비를 넘긴 다음이었다. 겨우 만난 트롤통가는 과연 고생한 보람이 있게 훌륭한 풍경을 자랑했다. 저 멀리 산등성이 위로는 만년설이 쌓였고 여행자는 그와 눈높이를 같이하며 피오르드를 내려다볼 수 있었다. 비경이라는 말은 이럴 때 쓰는 거구나, 괜찮네. 올라오길 잘했다. 뿌듯함을 느끼고 있으니 쉼 없이 달려오느라 미처 채우지 못한 배가 출출했다. 음식을 꺼내려 가방을 열었는데, 아뿔싸. 14km 떨어져 있는 차 안에 음식을 놓고 왔다.

길을 잘못 들고 물에 빠진 것도 모자라 음식을 놓고 오다니. 스스로의 명청함에 화가 났지만 그보다 중요한 건 온통 젖고 굶주린 채로 14km의 길을 내려가야 한다는 사실이었다. 시계를 보니 5시, 해는 7시에 질 예정이었다. 이 높은 돌산 한가운데서 음식을 구할 방법도 없으니 어떻게든 밑으로 내려가야 했다. 걷고 있으니 몸은 으슬으슬 떨렸다. 먹을 게 없다는 사실을 인식하고 나니 괜히 힘이 더 빠지는 것 같았다. 초조한 마음과 함께 굶주림의 감각은 점점 심해졌다. 호수의 얼음장 같은 물로 배를 채워도 보고, 들에 자라난 정체 모를 열매도 주워 먹어봤지만 소용이 없었다.

모든 문제가 시작됐던 7km 지점에 겨우 도착해 이제는 정말 한 걸음도 걷지 못하겠다는 생각이 들었을 때, 저 멀리 구호 오두막이 보였다. 비척비척 걸어가 문을 여니 작은 평상과 각종 구급용품이 있었다. 간절한 마음으로 찬장을 하나하나 뒤져

봤지만 먹을 만한 건 아무것도 없었다. 자포자기하는 심정으로 평상에 누워 '이대로 잠들고 날이 밝으면 누군가 구하러 오겠지' 따위의 생각을 하고 있을 때 오두막 문이 벌컥 열리고 누군가 들어왔다. 마운틴가드였다.

"너 지금 비상 상황이야?"

"어… 아니, 나 그냥 조금 쉬고 있었어. 그런데 정말 미안한데, 혹시 음식이 조금 있어? 나 완전히 굶주려서 한 걸음도 못 걷겠어."

그는 별일 아니라는 듯 고개를 끄덕이더니 자신의 배낭을 열고 봉투 하나를 건넸다. 안에는 뜨거운 물을 넣으면 따뜻한 볶음밥이 완성되는 비상식량과 건포도, 초콜릿이 있었다. 내게 핫초코를 타주며 마운틴가드는 무슨 일이냐고 물었다. 나는 음식을 허겁지겁 입에 넣으며 자초지종을 털어놨다. 말하면서도 스스로 너무 바보 같다는 생각이 들었다. 오두막의 불을 켜면 새빨개진 얼굴이 드러날 것 같았다. 그러나 그는 흔히 있는 일이라며 기운 차리고 천천히 내려가면 된다고 다독였다.

이미 밤은 산을 뒤덮은 지 오래였으나 배를 채웠으니 무서울 게 없었다. 헤드라이트에 의지해 터벅터벅 걸어 내려와 결국 완주에 성공했다. 값비싼 숙소를 잡고 소시지와 김치를 한껏 넣어 부대찌개를 만들어 먹었다. 이날만은 사치를 부려도 괜찮았다. 따뜻한 요에 들어가 누우니 그제야 온몸의 긴장이 풀렸다.

"산을 우습게 보면 안 돼. 하지만 네가 이번 일로 무언가를 깨닫는다면, 다음에는 더 잘할 수 있을 거야. 그러면 된 거야. 아무것도 문제가 되지 않아."

마운틴가드는 축 처진 나를 깨우려는 듯 아무 일도 아니라고 연신 강조해 말했다. 따스하고 낯선 이 사람은 힘들 때 꺼내 먹을 수 있는 달콤한 것이 항상 주머니에 있어야 한다며 초콜릿과 사탕을 한 움큼 쥐어 주고 또 다른 오두막으로 떠났다. 그가 준 초콜릿을 나는 여행을 끝마칠 때까지 하나씩 아껴가며 먹었다. 입에 넣고 온기를 더하면 그날의 어둠이, 추위가, 굶주림이 슬며시 다가왔다가 사르르 녹아 없어지는 것 같았다. 앞으로 내게 다가올 것들도 그렇게 녹여 없앨 수 있을 것 같았다.

불법 체류자가 될 수는 없으니까

D+98, 베를린으로 가는 배 위에서

며칠간 헐레벌떡 남쪽으로 내려왔다. 하루에 300~400km 씩 달리며 노르웨이의 수도 오슬로, 스웨덴의 예테보리, 덴마크 코펜하겐을 훌쩍훌쩍 넘었다. 덴마크 남부 게드서라는 항구에서 페리를 타고 2시간 정도 발트해를 건너면 독일의 로스토크에 도착한다. 길었던 북유럽 구간의 마지막이었다.

누가 도끼를 들고 뒤에서 쫓아오는 것도 아닌데 이렇게 서둘러 내려온 이유는 셍겐 조약 때문이었다. 내게 허용된 90일 중 40일 넘는 시간을 핀란드와 노르웨이에서 써버렸다. 지도를 펴놓고 남은 거리를 생각할 때마다 머리가 지끈거렸다. 이러다가는 포르투갈에 도착할 때쯤 셍겐 조약을 어긴 불법 체류자가 되는 게 아닐까. 공항에서 벌금을 두들겨 맞는 스스로를 망상하다 보면 지극히 현실적인 걱정이 엄습했다.

물살을 가르며 항해하는 배 위에서 갈매기의 끼룩대는 소리를 들으며 커피를 홀짝이니 퍽 낭만적이었지만 마음만은 쓰렸다. 앞으로 남은 일정을 조정할 수밖에 없었다. 체코, 오스트리아 같은 동유럽 국가들 몇 곳을 여로에서 제외했다. 동화처럼 환상적이라는 동유럽의 소도시를 방문하는 것은 언젠가 다시 돌아올 때로 미뤄두기로 했다.

북유럽에서 시간을 물처럼 쓴 것을 후회한 적이 없다면 거짓말이다. 핀란드에서 아무것도 하지 않고 보냈던 며칠을, 노르웨이에서 운전하다 마주친 피오르드가 너무 아름다워서 즉흥적으로 텐트를 펴고 멈춰 섰던 날들을 조금 아꼈다면 어땠을까. 아름다움은 그곳에만 있는 게 아닌데, 취해서 푹 빠져있느라 시간 가는 줄을 몰랐다. 무릉도원에 다녀왔더니 폭삭 늙어 있었다는 옛 동화의 젊은이처럼.

그러나 동시에 언제 가장 행복했는지 묻는다면 주저 않고

핀란드의 숲속에서 보냈던 무용한 5일을 꼽을 테다. 노르웨이에서 덜덜 떨며 오로라를 보던 밤도, 순록과 눈을 맞추며 들판을 산책하던 아침도 있었다. 그 모든 근사했던 날들이 후회의 구렁텅이에서 나를 꺼내어 제자리에 돌려놓았다.

삶의 동력이 어디에 있는지 모르겠던 때도 있었다. 과거의 일들을 짊어질 자신이 없었다. 이걸 견디면서 어떻게 사는 걸까, 모든 나이 든 이들을 존경스럽게 보았던 때가 있었다. 그래서 삶을 다른 색으로 색칠하기 위해 여행을 떠났고, 북유럽에서는 초록색과 파란색 물감을 평생 써도 부족하지 않을 만큼 한껏 얻었다. 그러니 문제가 될 건 아무것도 없었다. 차츰 가까워져 오는 독일의 항구가 태양을 받아 반짝이고 있었다. 새로운 우주로 건너갈 시간이었다.

3부

구라파의 사람들

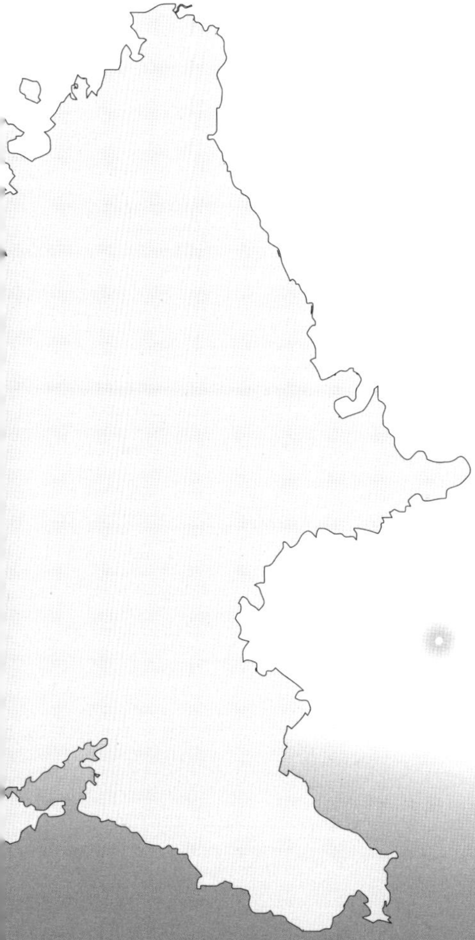

1. 독일 베를린
Berlin, Germany
2. 폴란드 바르샤바
Warsaw, Poland
3. 크로아티아 두브로브니크
Dubrovnik, Croatia
4. 세르비아 베오그라드
Belgrade, Serbia
5. 그리스 크레타섬
Creta, Greece

죽인 자들의 도시에서

군 복무를 할 때 내게는 하나의 목표가 있었다. 말로만 듣던 대가들의 책을 많이는 아니더라도 최소 한 권씩은 읽어보자는 것. 그렇게 집어 든 책이 지그문트 바우만의 '현대성과 홀로코스트'였다. 바우만은 홀로코스트를 '지극히 정상적인 문명에서 어쩌다 돌출한 악인들의 만행'으로 이해해서는 안 된다고 말한다. 나치의 목표를 실현해준 것은 광기나 폭력, 비(非)이성이 아니라 우리가 신뢰하는 현대 문명의 시스템과 합리성이며, 그런 의미에서 홀로코스트는 현대성의 산물이라고 강조했다. 나치는 사라졌지만 우리는 여전히 그때와 같거나 더 심화한 현대성에 터 잡고 살아간다. 그렇다면 비극을 막기 위해 우리가 할 수 있는 일은 무엇일까.

나는 어느 때부턴가 전쟁과 폭력의 문제에 집중하고 때로는 집착했다. 사람들이 사람들을, 그 안에 담긴 기억과 갈망, 말간 눈망울까지 송두리째 살해하는 일이, 그런 일을 지시하고 묵인하는 일이 어떻게 가능한 것인지 도무지 모르겠어서 그랬다. 그래서 자유로움이 모토이고 계획이 바뀌길 밥 먹듯이 하는 이

여행에서도 두 도시는 항상 고정되어 있었다. 독일의 베를린과 폴란드의 바르샤바. 70년 전 가장 많이 죽였던 자들의 도시와 가장 많이 죽었던 이들의 도시. 궁금했다. 어떻게 그 모든 것들을 짊어지고 여기까지 올 수 있었는지, 그대들은 정말로 과거를 극복했는지 알고 싶었다. 그 해답이 여전히 과거에 얽매여 있는 나에게, 또는 우리에게 너무도 절실한 것이라서.

베를린은 모스크바 이후 오랜만에 찾은 대도시였다. 차들로

꽉 찬 도로, 여기저기 울리는 경적 소리, 바삐 걷는 사람들이 영 낯설었다. 사람들은 내 차를 생경한 눈빛으로 쳐다봤다. 차에 잔뜩 묻은 흙먼지와 얼룩이 내가 이곳에 소속된 사람이 아님을 너무 뻔하게 증명하는 것 같았다. 속을 알 수 없는 눈빛 사이를 엉금엉금 헤맨 끝에 겨우 숙소 근처에 차를 댔다.

모 서점의 광고 문구를 조금 바꿔 표현하자면 사람은 공간을 만들고 공간은 사람을 만든다. 공간의 배치와 구성을 보면 거주민들이 무엇을 중요하게 여기는지, 무엇에 영향 받으며 살아가는지 유추할 수 있다. 내가 만난 베를린의 공간은 온통 고통과 참회, 평화에 대한 기도로 가득했다. 지금도 베를린을 떠올리면 어디선가 향냄새가 피어오르는 것 같다. 망인도 상주도 없는 오래된 장례식을 치르던 그 도시의 색깔을 나는 초록도 파랑도 아닌 짙은 회색으로 기억한다.

히틀러 집권의 계기였던 화재사건이 일어난 국회의사당, 나치에게 살해된 국회의원들과 유대인들을 위한 추모기념물. 나치당원들이 책을 불태웠던 장소와 집집마다 붙어있는 사라진 유대인들의 명패. 동서냉전의 상징이었던 베를린 장벽과 체크 포인트 찰리 검문소. 그곳에는 독일 사람들이 스스로의 과거를 어떻게 기억하는지, 또는 어떻게 기억해야 한다고 믿는지가 빼곡히 아로새겨져 있었다. 다시는 전쟁과 폭력을 선택하지 않아야 한다고 온 도시가 입을 모아 외치는 듯했다.

옛 베를린 장벽 근처에는 '공포의 지형학(Topography of

Terror)'이라는 박물관이 있다. 지금은 사라진 게슈타포 본부 건물터에 지어진 곳으로, 나치 독일의 만행을 시간대별로 증거 자료와 함께 기록해둔 곳이다. 혼자 조용히 둘러보고 있으니 한쪽에서 소리가 들렸다. 한 중년의 남자가 학생들을 여럿 앉혀 놓고 독일어로 역사 수업을 하고 있었다. 수업을 듣는 아이들의 눈은 푸르렀다. 가르치는 교사의 눈은 짙은 갈색이었다. 나는 그가 왠지 어떤 배우를 닮았다고 생각했다. 외로운 남자의 역할을 맡아 혼자서 극을 이끌어나가는 그의 얼굴을 어느 극장 스크린에선가 본 것 같다고 착각했다. 어둡지만 매서운 눈동자 안에는 어떤 감정이 들끓고 있었다. 그날 저녁 베를린의 펍에 앉아 맥주를 홀짝이며 그의 눈빛을 골똘히 생각했으나 안에서 끓던 것의 정체는 짐작하지 못했다. 푸르른 눈들 앞에서 사람들이 사람들을 죽인 일을 가르치는, 그런 사람의 마음을 나로서는 넘겨짚기도 어려웠다.

베를린에는 이런 종류의 박물관이 많았다. 나치의 통치를 기록한 공포의 지형 외에도 당시 유대인들의 고통을 전시한 유대인 박물관도 있었다. 가장 인상 깊었던 건 '샬레케트(Shalekhet)'라는 작품이다. 당시 유대인들이 겪은 공포를 상징적으로 재현한 일종의 설치 작품으로 우리말로 '낙엽'이라는 뜻이다. 바닥엔 사람 얼굴 모양의 철판 수천 개가 놓여 있다. 관람자는 그 위를 직접 걷는다. 신발이 철판을 밟을 때마다 그들은 서로 부딪혀 우는 소리를 낸다. 그 소리가 전시 공간의 공백을 마구 때리며 거대하게 반향한다. 작품을 만든 이스라엘 출신 예술가는 그것이 살해당한 유대인의 비명처럼 들리길, 관람자가 그 공포를 조금이라도 느끼길 바랐다고 한다.

눈을 감고 걸었다. 한쪽 벽에 손을 대고 한 발짝씩 천천히 옮겼다. 귀를 울려대는 소리에 걸음을 맡긴 채 한동안 철판 위를, 누군가의 얼굴들을 배회했다. 삶과 죽음의 경계를 걷던 그들의 공포를 마음속에 담아보려 시도했다. 내 편협한 마음은 금세 넘쳐흘러 볼을 타고 미끄러졌다. 두렵고 슬펐으나 더 미끄러지지 않기 위해 얼굴들을 밟고, 밟고, 다시 밟아야 했다. 밟힌 눈과 입들이 텅 빈 구멍으로 나를 올려다보고 있었다. 소리가 벽과 마음을 때려대는 통에 귀가 자꾸만 먹먹했다.

어린 시절 순진한 소망이 있었다. 내가 살아있는 동안엔 세계 대전과 같은 큰 전쟁이 일어나지 않기를 바랐다. 혹여나 일어나더라도 내가 죽은 뒤이기를 바랐다. 살아있는 채 그 일을

겪는 게 무서웠다. 그로부터 20년 넘는 시간이 지났다. 세상은 개벽했으나 내가 가진 소망은 여전히 그대로다. 두려움도 사라지지 않았다. 사실은 그 소망이 이뤄지기 어려울 것이라는 어두운 전망도 그때나 지금이나 여전하다.

어쩌면 달라진 것은 나 또한 아이들의 푸른 눈 앞에서 세계의 모습을 설명해야 하는 어른이 되었다는 사실뿐일지도 모른다. 그렇다면 나는 무엇을 할 수 있을지. 슬픔이 빚어낸 얼룩이 남들 눈에도 보이는 것 같아 자주 고개를 숙였다. 그래서일까 베를린에서는 바닥을 자주 본 것 같다. 길의 색깔은 짙은 회색이었다.

베를린의 유명한 관광지 중 하나인 브란덴부르크 개선문 옆에 '평화의 방'이라는 작은 공간이 있다. 여행자들이 들러 명상과 기도를 할 수 있게 마련해둔 곳이다. 짧지 않은 시간 그곳에 머무르며 내가 두고 온 공간과 사람들에 대해 생각했다. 얼룩으로 말미암아 그림을 그리는 방법 같은 것들을 떠올렸다. 주머니에서 차게 식은 동전 몇 개를 꺼내 기부했다. 준 것보다 받은 게 더 컸다.

너무 화창한 날의 아우슈비츠

D+109, 폴란드 오슈비엥침

트렁크를 열고 캐리어 깊숙이 넣어 두었던 검은 코트를 꺼내 입었다. 며칠 새 차가워진 공기를 맡았다. 전날 비가 내려 햇살 사이로 흙냄새가 났다. 푹 가라앉은 마음으로 운전대를 잡았다. 오늘따라 시동음도 고요했다. 액셀을 밟고 작은 시골 마을로 향했다. 폴란드의 옛 수도 크라쿠프에서 1시간 정도 떨어진 곳. 폴란드어로 오슈비엥침, 독일어로는 아우슈비츠라고 부른다.

대지는 그곳에서 살았던 이들에 의해 색칠되고 기억된다. 쇼팽이 살았던 바르샤바, 뭉크가 살았던 오슬로, 푸시킨이 살았던 상트페테르부르크, 셀 수 없이 많은 이들이 거쳐 갔던 런던과 파리. 그러나 아우슈비츠는 이곳에서 죽어간 이들에 의해 정의된다. 처음엔 노동을, 나중엔 절멸을 강요받았던 유대인과 사회의 비주류들. 삶은 여러 색깔을 갖지만 죽음은 빛이 없어 검은색 하나다. 그래서 죽음 앞에서 사람들은 검은 옷을 차려입는다. 색을 잃은 망자의 옆에 서기 위해.

여행자가 많은 계절도 아닌데 아우슈비츠는 사람들로 붐볐다. 얼마간 기다린 끝에 가이드의 설명이 딸린 입장 티켓을 살 수 있었다. 전 세계에서 온 다른 생김새의 여행자들이 줄을 늘어서 입장을 기다렸다. 색색깔의 개성은 잠시 넣어두고 많은 이들이 약속이나 한 듯 어두운 계열의 옷을 차려입은 채로. 주로 실내를 돌아다닐 것이라고 생각하고 선크림도 바르지 않았는데 큰 오산이었다. 가이드를 따라 수용소를 돌아다니는 데 4시간이 걸렸다. 아주 일부를 걸었을 뿐인데도.

철길을 따라 걸었다. 중간에 수용자들을 실어 왔던 가축용 열차를 만났다. 평범한 갈색 열차였다. 진실을 알지 못한다면 동화 속 세상으로 바래다줄 것으로 착각할 수도 있을 만큼. 열차에서 내리면 공터에서 '감별'이 진행된다. 관리인의 무표정한 손짓에 누군가는 왼쪽으로, 누군가는 앞으로 걸어간다. 왼쪽으로 가면 수용되어 노동에 투입된다. 직진하면 샤워헤드가 달린 샤워실 모양의 가스실에서 죽음을 맞는다. 살해당할 자들이 씻는 것으로 착각하도록, 그래서 소요를 일으키지 않게 함으로써 '관리 비용'을 절약하기 위한 묘책이었다고 한다.

갈색 벽돌로 질서 정연하게 지어진 똑같은 모양의 건물들, 중간 중간 세워져 있는 감시탑, 곳곳의 '정지', '주의' 같은 푯말

들이 햇빛을 받아 반짝였다. 구름 한 점 없는 맑은 날이었다. 날이 너무 좋아 눈물이 났다. 죽음으로 가는 문턱에 이제 막 도착한 이들에게도 하늘은 오늘처럼 속절없이 파랬을 것 같아서. 진짜로 멈춰야 했던 이들은, 정말로 주의해야만 했던 이들은 누구였을까. 이제는 공허한 질문이었다.

박물관의 유리벽 안에는 수천 킬로그램의 머리카락이 쌓여 있었다. 나치는 수용자들의 머리카락으로 섬유 제품을 만들어 팔았다. 다른 방에는 짝 없이 나뒹구는 신발과 이름 적힌 가방들이 가득했다. 어딘가로 끌려가면서도 서둘러 챙겨 넣었던 짐과, 혹여나 섞일까 이름까지 써넣은 가방들. 그 사소한 꼼꼼함과 억척스러움은 관리인의 떡고물이 되고, 주인 잃은 신발만 산이 되어 쌓여 있었다.

짧은 여정을 마치며 가이드는 우리에게 물었다. 지구에서 폭력이 사라진 단 하나의 도시라도 존재하는지. 그렇지 않다면, 70년 전의 나치를 심판하기 전에 우리가 해야 할 일은 무엇일지. 지난날의 악행을 규탄하거나 반성하는 건 언제나 쉽다. 그래서 때로는 의미가 없다. 어려운 건 현재의 불의에 티끌만큼이라도 저항하는 일이다. 그래서 나는 대개 실패하고야 말았다. 겉보기에는 티끌 같은 용기가 손에 쥐려고 하면 태산처럼 컸다. 그런 탓에 실패하는 일도 도망가는 일도 언제나 쉽고 잦았다.

마음을 추스르고 아우슈비츠를 빠져나오니 산을 넘어가는

태양이 붉은 안광으로 나를 부라리고 있었다. 태양을 등지고 아래로, 아래로 연신 액셀을 밟았지만 태양은 자꾸 나를 따라왔다. 슬로바키아를 지나서야 새빨간 눈초리로부터 벗어날 수 있었다. 밤늦게 헝가리 부다페스트에 도착했다. 헝가리는 폴란드와 형제의 나라라고 부를 정도로 끈끈하지만 나치에 의해 세워진 괴뢰정부가 유대인을 살해한 역사도 갖고 있다. 발걸음을 옮기는 어느 곳이든 학살의 흔적이 부재하지 않았다.

베를린을 지나 바르샤바와 카우나스, 크라쿠프를 거쳐 아우슈비츠와 부다페스트까지. 북유럽에서 내려온 뒤부터 나는 내내 홀로코스트의 궤적을 좇고 있었다. 아니 어쩌면 군대에서 바우만의 책을 읽었던 그때부터, 광주의 항쟁과 제주의 학살, 단원의 눈물을 마주쳤던 20대의 어느 날부터. 또는 결핍에 신음했던, 기억도 희미한 어린 날부터일지도 모른다. 나는 어떤 죽음들에 천착하는 여로 위에서 무언가를 등에 지고 계속 액셀을 밟고 있었다. 어딘가로 계속 향하는 사람은 사실 무언가로부터 도망치는 것이라던데, 내가 무엇으로부터 도주하는지는 골몰해도 알기가 어려웠다.

천공의 성을 찾아서

"빵-빵-!"

신호를 기다리는데 뒤차가 연신 경적을 울려댔다. '내가 뭘 잘못했나?' 싶지만 딱히 그런 건 없었다. 초록 불이 되자 낡은 은빛 세단이 내 옆을 빠르게 스쳐 지나갔다. 운전자들과 눈이 마주쳤다. 나보다 몇 살은 어려 보이는 백인 남성 서넛이 무례한 손짓과 표정으로 조롱하곤 붕- 소리를 내며 떠나버렸다. 뭐라고 대응할 틈도 없었다. 한국어 번호판이 우스워 보였을까. 크로아티아의 수도 자그레브에 도착한 첫날 밤, 이 나라의 첫인상은 이렇게나 구렸다.

이틀 정도 머무르다 예정보다 자그레브를 일찍 떠나기로 결심했다. 처음 맞닥뜨린 얼굴이 불쾌하니 그 이후로 무엇에도 애정을 두기가 어려웠다. 여행을 억지로 할 필요는 없으니까.

그냥 크로아티아를 떠날까 고민하다, 진짜 크로아티아는 서쪽으로 아드리아 해를 끼고 늘어선 소도시들에 있다는 말을 듣고 무작정 차를 몰았다. 그곳에도 별게 없으면 빠르게 아래쪽으로 내려가기로 마음을 정해둔 채.

중간에 모토분(Motovun)이라는 작은 마을에 들르기로 했다. 미야자키 하야오의 애니메이션 영화 '천공의 성 라퓨타'의 모티브가 된 곳이라고 한다. 코끼리를 삼킨 보아뱀과 닮은 언덕의 능선을 따라 동유럽 풍의 마을이 있고, 가운데엔 요새와 탑이 솟아 있다. 천공의 성이라는 별명이 어지간해서는 어울리기 쉽지 않을 텐데도 사진 속 모토분은 꽤나 훌륭하게, 그 별칭에 걸맞은 모습을 은은히 자랑하고 있었다.

차로 꼬불꼬불 도로를 올라 언덕 중턱에 도착했다. 주차를 하고 서늘한 바람을 맞으며 좁은 골목과 요새의 성벽을 올랐다. 경사가 가파르지 않아 산책하는 느낌으로 한 바퀴를 다 둘러볼 수 있었다. 날이 좋아 햇볕이 갈색의 벽돌 틈새마다 산바람과 함께 스며들었다. 건물 사이에도 풀꽃이 돋아날 수 있는 이유를 알 것 같았다.

반나절쯤 둘러본 뒤 흡족한 마음으로 내려가는 와중에, 뭔가 놓쳤다는 생각이 들었다. 생각해보니 모토분에 있으면 여기가 천공의 성이라는 점을 알 수가 없는 게 아닌가. 황당해 웃음이 났다. 이곳에 오겠다고 결심하게 만든 그 모습을 나는 정작 보지도 못한 것이다. 이름에 어울리는 모습을 감상하려면 언덕

전체를 조망할 수 있는 멀리 떨어진 곳으로 가야 했다. 그래서 어떤 여행자들은 모토분에 직접 오지는 않고, 주변의 다른 마을에 들러 모토분을 구경한다고 한다. 실제로 몇몇 유명한 사진 스팟들이 주변에 있었다. 필시 그곳에서는 '천공의 성'을 한눈에 볼 수 있었을 것이다.

사람들이 여행하는 방식이 달라지는 걸 느낀다. 여행지에서 가장 많이 쓰이는 애플리케이션이 구글 지도 다음으로 인스타그램이라고 한다. 제일 뜨는 여행지는 '인생샷 성지'이고, 동행자의 주요 업무는 좋은 사진을 찍어주는 일. 여행사의 패키지 상품도 역사와 배경을 설명하는 가이드투어는 지고, 인생샷을 찍어주고 트렌디한 곳에서 '핵인싸' 라이프를 즐기는 인플루언서 투어가 뜨고 있다. 충분히 납득이 간다. 지금은 SNS의 시대, 자기행복의 시대, 핵인싸의 시대니까. 국가나 민족, 신 같은 추상적인 것들은 구체적이고 살아 숨 쉬는 우리 개인에게 자리를 빼앗겼으니. '여행은 생각의 산파다'라는 알랭 드 보통의 말은 '여행은 인스타의 산파다'로 바뀌어야 할지도 모른다. 이런 세태를 힐난하는 목소리도 조금만 귀를 열면 어렵지 않게 들을 수 있다.

그러나 아무럼 어떨까. '여행은 이래야만 해'라는 말은 타인의 것은 물론 자신의 여행까지 망치는 주범이다. 어느 정도는 삶도 그렇다. 좋아하는 것을 즐기기는커녕 그게 뭔지 아는 것조차 어려워 헤맬 때가 많다. 최소한 알았다면 한 걸음을 내디

딘 셈이고, 그것을 하고 있다면 그 자체로 충분한 거다. '천공의 성'을 즐기는 단 하나의 방법 같은 건 없다. 모토분의 언덕에 올라 선선한 바람에 행복감을 느끼든, 근처의 포토 스팟에서 멋진 사진을 남기고 보아뱀 속 코끼리를 상상하든, 자신이 행복한 게 곧 천공의 성을 마음에 담는 방법이 아닐까. 이날 내사진첩에는 능선 위의 멋진 성 대신 좁고 오래된 골목길, 벽 틈새의 풀꽃만 남았지만 나는 그것으로도 충분히 좋았다. 분명히나는 천공의 성에 있었다.

아름다운 것은 사람

D+117, 크로아티아 플리트비체

아름다운 것도 어린 날의 풋사랑처럼, 익숙해지면 감흥이 줄어드는 것일지도 모른다. 그것은 마음이 하는 일이라서 애쓴다고 떨쳐내기가 쉽지 않다. 발칸 반도에서 가장 아름다운 곳 중 하나로 꼽히는 '크로아티아의 진주' 플리트비체를 만난 날, 내 마음이 한 일도 같았다.

기대가 과했던 탓만은 아니었다. 경이로움은 노르웨이의 그것에 비할 바가 못 되었고, 평화로움은 핀란드의 그것에 미치지 못한다고 느꼈다. '괜히 왔나'라는 생각이 스치지 않았다면 거짓말일 테다. 아쉬움에 입맛을 다시며 천천히 걸었다. 이 보통의 풍경이 주는 평온한 감정 상태를 그저 담보하면서.

'별거 없네'라는 오만한 생각을 고쳐먹게 된 건 한 시간쯤 걸은 다음이었다. 휴대전화가 배터리가 얼마 남지 않았다며 빨간색 알림을 띄웠다. 어쩔 수 없이 전원을 끄면서 음악도 들을 수 없게 됐다. 그러자 자연스레 주변 사람들의 표정과 몸짓이 눈에 띄었고 대화 소리가 귀에 들어왔다.

호수를 유영하는 오리를 보며 소리 지르는 어린 꼬마들. 60년 지기 우정은 족히 되었을 법한 할머니들이 어깨를 두르고 찍는 단체사진. 한 손엔 첫째의 손을 잡고 어깨 위엔 둘째를 목말 태운 젊은 아빠. 노쇠한 어머니의 휠체어를 끌고 호숫가를 걷는 푸근한 중년의 아들. 모두의 표정이 호수의 윤슬처럼 반짝반짝 빛났다. 누군가 조약돌을 슬쩍 던져 넣으면 아름다운 파장이 뻗어나갈 것만 같았다.

어쩌면 플리트비체의 진짜 색깔은 사람들의 표정 속에 있는 것일지도 모르겠다. 이곳엔 깎아지른 절벽도, 호기심을 자아내는 기암괴석도, 푸른색 빙하도 없다. 대신 잘 정돈돼 누구나 걷기 좋은 길이 있었다. 충분한 휴식 공간, 접근성을 높여주는 공원 내의 교통수단들, 체력과 기호에 따라 선택할 수 있는 다양한 루트가 있었다.

덕분에 이곳에서는 다리가 충분히 튼튼하지 않아도, 체력이 예전만 못해도, 몸이 약해 혼자 걸을 수 없어도 초록의 자연을 즐길 수 있었다. 누군가와 함께하기 좋은 곳이다. 나도 다른 이와 같이 걷고 싶다는 생각이 들었다. 사랑하는 사람들의 얼굴이 물보라처럼 마음에 일었다. 누군가 조약돌을 던진 게 틀림없었다. 내 마음에까지 저들의 물결이 닿은 것을 보면.

플리트비체에는 큰 호수가 있다. 중간 중간 어렵거나 너무 긴 코스는 건너뛸 수 있도록, 호수의 한쪽에서 다른 쪽으로 유람선을 띄워 사람들을 실어 나른다. 나도 건너편으로 이동하기 위해 사람들 옆에 껴 한쪽 구석에 자리를 잡았다. 앞자리에는 3대가 함께 온 대가족이 있었다. 할아버지는 손녀의 고사리손을 잡고 이쪽저쪽을 가리키며 설명하고, 엄마와 아빠는 품에서 까르르 웃는 아이를 안고 물살을 구경하고 있었다. 나도 그들을 따라 유람선의 뱃머리를 따라 갈라지는 물살을 지켜봤다.

제일 멀리 제일 높이 가고 싶어 했던 예전의 마음들을 떠올렸다. 새삼 우스웠다. 점수를 올리고, 더 좋은 평가를 욕망하고, 더 좋은 학교나 직장에 가기 위해 발버둥 쳤던 시간들. 능력이 그리 출중하지 못한 탓에 스스로 올라가는 대신 타인을 낮추는 비겁한 방법을 선택하기도 했다. 그렇게 스스로를 과히 절상하거나 타인을 애써 절하하며 보냈던 시간들을 되새김질하니, 나도 참 별거 없는 사람이었다.

고개가 숙여졌다. 유람선 바깥으로 자맥질하는 오리만 쳐다봤다. 오리가 버둥댈 때마다 작은 파장이 피어났다. 그럴 때마다 꽃모양 머리핀을 꽂은 작은 아이의 웃음이 커졌다. 배터리가 다 떨어져서, 귀를 이어폰으로 틀어막지 않아서 다행이었다. 파장이 더 크게 일었으면 했다. 물보라가 아니라 용오름으로 마음속 거뭇한 것들을 몰아내 줬으면 했다.

크로아티아에는 잔잔히 어여쁜 곳이 많았다. 서부 해안가의

자다르는 일몰이 훌륭하기로 소문난 작은 도시다. 바다에 가까이 온 탓인지 날이 한결 따뜻해져 반팔 차림으로 해수욕을 즐기는 이들도 많았다. 바닷가에 앉아 책을 폈다. 파도의 부딪힘에 따라 음을 내는 '바다 오르간'의 연주를 들으며 일몰을 기다렸다.

"와아!" 하는 소리에 고개를 들어보니 요트 운전자가 솜씨 좋게 재주를 부리며 바다를 가로질러 가고 있었다. 해는 어느새 산등성이 아래로 내려갔고, 붉은색과 하늘색 물감이 섞여 세계가 온통 연보라 빛깔로 물들었다. 바다가 예뻤다. 하지만 그보다도 한데 모인 사람들의 천진난만한 표정이 참 좋아 보였다. 찬란한 광경에 상기된 탓일까, 그들의 표정도 분홍색으로 물들고 있었다.

내가 있던 도시의 사람들을 떠올렸다. 마음과 주변에 바다가 없는 사람은 슬프다. 사방을 둘러봐도 한 줄 지평선도 발견하기 어려운 도시 빌딩 숲은 사람의 마음을 턱턱 막히게 한다. 그러나 동시에, 사람 없는 바다도 쓸쓸하다. 사람들이 그저 생존하는 데만 자신의 에너지를 모두 쓰게 만드는 사회라면, 그래서 바다와 마주 앉아 대화하는 사람이 없다면. 바다는 홀로 아름다울 수는 있어도 행복하지는 않을 것 같았다. 누구에게나 누군가 필요하다. 바다도 그렇다. 설령 닿지 못할지라도 너울지는 파도를 보낼 곳이 필요하다. 파도에 발을 적시며 꺄르르 소리 내어줄 사람들이, 부서지는 파도를 받아줄 너른 품이 필요하다.

'아드리아'는 이탈리아 북부의 어느 도시 이름인데, 검은 도시라는 뜻이라고 한다. 여기로부터 바다의 이름이 지어졌다. 땅거미가 지고 검은 바다는 팔을 뻗어 뒤편의 도시에까지 자신의 색을 묻혔다. 짧은 일몰을 모두 즐긴 사람들은 검은 도시 속으로 하나둘씩 모습을 감췄다. 나도 떠나려 몸을 일으켰다가 마지막으로 바다를 뒤돌아봤다. 태양도 우리처럼 검은 물속으로 잠겨 들어갈 채비를 하고 있었다. 여행을 마치면 내가 돌아가야 할 또 다른 검은 도시와 그곳의 사랑하는 이들을 생각했다. 발밑으로 파도가 연신 부서지고 있었다. 괜히 발을 놀려 물을 첨벙대봤다. 이 파도도 누군가에게 닿기를 바라면서.

두브로브니크의 사진사

사실 두브로브니크에 갈 생각은 없었다. 인생샷 성지이자 '왕좌의 게임' 촬영지로 유명하다는데. 그놈의 인생샷 성지에 속은 게 한두 번이 아니고, 왕좌의 게임은 본 적이 없어서. 그러나 한 장의 사진 때문에 이곳에 왔다.

안 좋았던 첫인상 때문에 금방 떠나온 자그레브에서 유일하게 기억에 남았던 곳이 전쟁사진 박물관이었다. 별생각 없이 들어간 곳인데, 눈길을 끄는 사진들이 몇 장 있었다. 사진들 밑에는 파보 우르반(Pavo Urban)이라는 젊은 사진사의 이름이 적혀 있었다. 그의 사진 속 크로아티아 군인들의 눈빛은 매서우면서도 애처로웠다. 어린 사내들이 어른들이 만든 전쟁터에서 총을 쥐고 어른과 싸우고 있었다. 그러다 맞닥뜨린 'last shot'이라는 제목의 사진 한 장. 그의 마지막 사진이다. 그는 이

사진을 찍고 수류탄 파편에 맞아 살해됐다.

두브로브니크는 1979년 세계문화유산에 등재된, 일찍이 관광지로 유명했던 도시다. 아일랜드 출신 극작가 버나드 쇼는 이곳을 '지상낙원'이라고 불렀다. 그러나 1991년 크로아티아가 유고슬라비아로부터 독립할 것을 선언하면서 이곳은 순식간에 전쟁터가 된다. 다른 곳이 함락되는 와중에도 크로아티아군과 시민들은 두브로브니크를 끝까지 지켜냈다. 이후 세계유산 파괴행위에 대한 국제사회의 맹비난이 이어지면서 명분을 잃은 유고슬라비아 정부는 크로아티아의 독립을 승인한다. 우리에겐 아름다운 관광지이자 드라마 촬영지인 이곳이 크로아티아 시민들에게는 전쟁의 격전지이자, 독립의 상징이기도 한 셈이다. 그리고 그 전쟁의 한복판에 이 젊은 사진사가 있었다.

전쟁이 인류의 가장 큰 야만 중 하나라면, 그것을 기록하고 알리는 전쟁보도는 저널리즘의 가장 중요한 책무 중 하나다. 그래서 많은 기자가 전쟁터에 나선다. 낱낱이 밝힐수록 가해는 처벌되고 피해는 치유되며 재발은 방지된다는 믿음 때문에. 지금은 아니더라도 언젠가 이 기록을 본 자들이 어긋난 선을 바로잡아주기를, 그러지 못하더라도 최소한 정의롭지 못했던 누군가가 정의로웠던 척할 수 없기를 바라면서. 그렇게 전장에 나간 종군기자들은 종종 사라지고, 납치되고, 살해당한다. 지금도 지구촌 어디선가 벌어지는 일이다.

대중의 미움을 온몸으로 받는 직업이 요즘의 기자다. 이러다 언젠가 '기레기'가 표준국어대사전에 오르는 날이 오지 않을까. 요즘에는 구더기에 빗대어 '기더기'라는 새로운 멸칭도 등장했다고 한다. 그래도 나는 여전히 기자가 없어져서는 안 될 직업이라고 믿는다. '역사의 초고'인 뉴스가, 두브로브니크 파괴의 증거인 파보 우르반의 사진들이 우리에게 다음 발을 어디에 디뎌야 할지 알려주고 있기 때문에. 전쟁이라는 극단적 상황을 취재하는 게 아니더라도 나는 많은 기자가 그런 마음으로 여전히 현장을 지키고 있다고 믿는다. 쓰고, 찍고, 남기고 기록하는 것이 시시한 우리가 못된 세상에 저항할 수 있는 가장 효과적인 방법이라고, 시시한 인간인 나는 생각한다.

두브로브니크 곳곳을 뒤져 그가 마지막 사진을 남긴 곳을 겨우 찾았다. 알고 보니 두브로브니크 구시가지의 가장 중심,

수호성인 성 블라호의 성당이 있는 광장이었다. 공사 중이라 찾는 데 애를 먹었다. 그와 똑같은 앵글로 찍어보려 했는데 영 자세가 엉성했다. 아무리 카메라를 내려 봐도 그와 같은 앵글이 나오지 않았다. 바닥에 엉덩이를 대고 엉거주춤 주저앉아 아래에서 위를 올려다보니, 그제야 그가 찍은 것과 같은 구도가 나왔다.

그가 생명과 기록을 맞바꾸고 죽어간 자리에서 그를 생각했다. 빗발치는 총탄 사이에 엎드린 채 도시의 수호자를 찍고 있었을 젊은 사진사의 마음을. 그의 한껏 찡그린 표정과 덜덜 떨렸을 온몸을, 그러면서도 조리개의 넓이를 신경썼을 그 악착같은 순수를. 스물세 살의 어렸던 그를 위해 기도를 올렸다. 왁자지껄한 관광객들의 소음 사이로 어디선가 찰칵대는 셔터음이 들리는 것만 같았다.

214

점심 값은 두고 가라고

남자가 차에서 내려 따라오라고 손짓했다. 남색 제복 차림인 그의 허리춤에는 총이 있었다. 등에는 신분을 증명하는 'Officer'라는 단어가 큼지막하게 적혀 있었다. 검문소 뒤편의 작은 사무실로 들어갔다. 그는 내 핸드폰을 달라고 했다. 뭉툭한 손으로 쥐고는 알아들을 수 없는 말로 한참을 떠들었다. 침이 꽤나 튀겠다고 생각했다. 돌려받은 핸드폰 화면에는 그의 구취 같은 욕망이 한국어로 번역돼 있었다.

"나는 당신을 이대로 보내줄 수 있습니다. 아무도 당신의 그린카드에 관해 묻지 않을 것입니다. 대신 나와 내 동료들의 점심값을 두고 가십시오."

215

머리가 띵했다. 단번에 알아듣지 못한 것은 어색한 번역문 탓만은 아니었다. 상식을 벗어난 그의 요구를 머리로 따라가는 데 약간의 시간이 필요했다. 아, 뇌물을 달라는 거구나.

국토의 면적이 경기도와 비슷한 발칸의 작은 나라 몬테네그로를 여행하고 저녁 늦게 보스니아 헤르체고비나로 들어가는 길이었다. 몬테네그로에서 출국 심사를 받고 보스니아 헤르체고비나 쪽 국경검문소에 들어섰다.

자동차로 국경을 넘을 때는 차량 등록증과 여권 외에도 자동차보험 가입증서가 필요하다. 유럽권에서는 '그린카드'라고 부르는데 우리나라의 자동차 책임보험과 같다. 나는 핀란드로 입국할 때 유럽 연합 국가들에서 두루 쓸 수 있는 4개월짜리 그린카드를 구입했다. 다만 유럽 연합에 가입하지 않은 일부 국가에서는 적용이 되지 않기 때문에 나라별로 단기 그린카드를 사야 한다. 보통 입국할 때 국경 검문소에서 구입하곤 한다.

그런데 보스니아 헤르체고비나 국경 검문소에 도착하니 보험사 사무실이 문을 닫았다는 게 아닌가. 검문소 직원은 보험사 직원들이 이미 퇴근했기 때문에 내일 다시 와야 한다고 했다. 난처했다. 오늘 밤 보스니아 헤르체고비나에서 묵을 숙소를 이미 예약해둔 터였다. 어떻게 방법이 없는 건지, 입국한 뒤 내일 아침에 구입할 수는 없는 것인지 물으니 직원이 상급자를 불러왔다. 흙빛 피부를 가진 거구의 상급자는 자초지종을 듣더니 살쾡이 같은 얼굴로 선심 쓰듯 나를 보내주겠다고 했다. 다만 선심에도 값은 있었다. 그는 점심값을 달라며 내 휴대전화 케이스에 꽂혀있던 50유로를 가리키고는 손가락으로 책상 위를 두어 번 두드리고 밖으로 나갔다.

짧은 시간 머릿속으로 계산기를 두드렸다. 오늘 국경을 넘지 못하면 이미 결제한 숙박비는 고스란히 날려야 했다. 내일 아침 제값을 주고 그린카드를 구입해도 30~40유로는 줘야 하고. 이 시간에 몬테네그로로 돌아가면 국경 주변에서 잘 곳도 마땅치 않았다. 점심값을 건네주고 문제를 해결하는 게 훨씬 효율적이라는 결론에 도달했다.

그러나 그렇게 갈 수는 없는 것이었다. 효율적인 건 효율적인 거고, 안 되는 건 안 되는 것이다. 그 둘을 헷갈려 사회에 폐를 끼치는 못사람들의 대열에 나까지 합류하고 싶지는 않았다. 사무실을 나섰다. 돈은 두지 않았다. 영어로 "내일 보자(See you tomorrow)"라고 말하고는 차에 올라탔다. 녀석은 이해가 안 된다는 듯이 양팔을 들어 올렸다. 나도 네가 이해가 안 가, 이 사람아. 차를 빙글 돌려 몬테네그로로 귀환했다. 어리둥절한 표정의 몬테네그로 쪽 검문소 직원들에게 사정 설명을 하고 국경 근처 난방도 되지 않는 허름한 숙소에 도착했다. 이불을 머리 끝까지 끌어올리고 내 몸의 온기로 스스로를 데웠다. 좀 나았다. 눈을 감고 새까만 도화지에 지나간 옛일들을 끼적거렸다.

후회에 취약한 성격이다. 과거를 떠올리면 스스로 부끄러웠던 일들이 제일 먼저 생각난다. 자기혐오가 심해지면 거울을 보기 어렵다는 것을 처음 깨달은 날도 있었다. 그 시절에는 타인의 눈동자가 온통 거울 같았다. 도덕적이지 못했던 오래전의 선택들은 때때로 떠올라 가슴을 짙게 누른다. 어떤 것은 잊었지만 어떤 것은 여전히 자국이 선명하다. 시간을 돌릴 초능력도, 옛일을 받아들일 겸허한 성품도 갖추지 못한 나는 자국난 채로 산다. 숨을 쉬는 시간이 길어질수록 자국은 늘어갈 것이다.

눈을 떴다. 주지 않은 점심값을 생각했다. 짐승 같던 공무원의 눈알도 떠올렸다. 낭비한 시간과 아끼지 못한 비용이 꼬리를 물었다. 그렇지만 괜찮았다. 방 한편에 놓인 거울이 오늘은 두렵지 않았다. 나중에 이 일을 떠올리더라도 신음하지 않을 것이다. 그 시절의 너로부터 배운 결과가 오늘의 선택이었다고, 아직 짓눌려있는 과거의 내게 심심한 위로를 건넬 수 있었다. 다행이었다. 괜찮고, 괜찮았다. 다 괜찮았다.

무덤의 언덕 스레브레니차

D+124, 보스니아 헤르체고비나

하얀 비석이 온 시야를 가득 메운다. 다른 경우라면 시골 마을의 아름다운 풍경이라고 말할 수 있었을 법한 초록의 언덕. 그러나 아무리 눈을 돌려보아도 늘어선 흰색 비석과 작은 봉분을 피할 길이 없었다. 마주 보기로 했다. 이 흰 언덕의 이름은 스레브레니차(Srebrenica)다.

20세기 말 유고슬라비아 연방 소속이던 보스니아 헤르체고비나 공화국에는 보스니아계, 크로아티아계, 세르비아계라는 서로 다른 민족의 사람들이 모여 살았다. 종교도 이슬람, 가톨릭, 정교회로 각각 달랐다. 그러던 중 고르바초프가 사임하고 냉전이 종식됐다. 유고슬라비아 연방은 해체의 길을 걸었다. 보스니아 헤르체고비나는 1992년 독립을 선언했다.

그런데 본국과 분리되기 싫었던 세르비아계 주민들은 세

르비아의 후원을 받아 보스니아 헤르체고비나 내에서 스릅스카 공화국을 '건국'하겠다고 선포한다. 이어 민병대를 꾸려 보스니아계가 거주하던 지역을 침공한다. 크로아티아도 크로아티아계 주민 보호를 명분으로 내세워 전쟁에 끼어든다. 실상은 혼란을 틈탄 땅따먹기였다. 이들은 민족의 우월성을 주장하며 보스니아계 민간인을 학살했다. 4년 가까이 이어진 이 전쟁의 희생자 중 80%가 보스니아계 무슬림이었다고 한다.

스레브레니차는 UN 평화유지군이 안전구역으로 선포한 피난처였다. 보스니아계 피난민들은 학살을 피해 이곳으로 도망왔다. 그러나 세르비아계 민병대는 이곳마저 침공했고, 허울뿐이던 소수의 UN군은 항복했다. 이곳에서 약 일주일 동안 8천 372명의 보스니아 무슬림이 살해당했고, 벽에는 'United Nothing'이라는 원망 어린 낙서만 남았다. 당시 파병됐던 평화유지군 군인들은 학살에 대한 책임이 부분적으로 인정돼 유죄를 선고받았다.

사건으로부터 도망치는 손쉬운 방법은 나는 무관하다고 선언하는 것이다. 옛일에 책임이 있는 것은 어른들이라고, 늦게 태어난 나는 그저 비판과 성찰의 손가락을 잘 겨냥하기만 하면 된다고 생각해버리는 것이다. 그러나 스레브레니차의 학살은 1995년에 벌어졌다. 나보다 어린 참극 앞에서, 이번만은 '역사'라는 꼬리표를 달고 도망칠 수가 없었다. 동시대의 인간으로서 나도 언젠가는 다음 세대의 손가락에 답해야 할 것이므로. 참

극 이후의 세계는 나도 함께 빚어왔고, 빚어가야 하는 것이었다.

발길을 가득 채운 흰 비석 사이를 걸었다. 참배객을 위해 만들어진 고랑 같은 길은 비좁고 길었다. 걸어도 걸어도 끝이 없었다. 묘지의 끝자락에 도착해 뒤를 돌아보니 흰 묘석들이 어지러울 정도로 언덕을 가득 메우고 있었다. 아찔했다. 눈을 흐리게 떴다. 초록의 언덕에 흰색 물감이 곳곳에 찍힌 이 모습을 어디선가 본 것 같았다. 흐드러지게 핀 봄날의 데이지 꽃밭이 이랬던가. 그러나 도망친 곳에 낙원은 없다는 말처럼, 흐릿한 시야에는 진실이 담겨있지 않았다. 눈을 떠야 했다. 시리고 시려 다시 하염없이 흐려지더라도.

발칸 반도의 여정은 세르비아의 수도 베오그라드에서 끝났다. 베오그라드는 옛 유고슬라비아 연방의 향수가 짙게 남아있는 도시다. 저녁 산책을 하다 들어간 서점에서는 '발칸의 아우슈비츠'라는 책을 크게 선전하고 있었다. 1940년대 초반 세르비아인과 유대인들을 학살한 크로아티아의 파시즘 정당 '우스타샤'와 그들이 운영한 야세노바츠 강제 수용소를 다룬 책이다. 이들 입장에서는 선명한 피해의 역사인 셈이다. '가만히 있으면 또 당할 수 있다'는 공포는 유고슬라비아 내전 당시 슬로보단 밀로셰비치를 비롯한 정치인들에 의해 세르비아계 주민들을 선동하는 좋은 소재로 쓰였다.

발칸 반도에서 일어난 분쟁의 흔적을 쫓아 여행하는 일은 눈을 감고 코끼리를 만지는 것과 같았다. 가해와 피해가 어지러이 중첩된 가운데 모두 각자가 입은 피해만 말한다. 크로아티아는 우스타샤를, 세르비아는 스레브레니차를 언급하지 않는다. 가해는 피해를 입은 쪽의 기억 속에만 존재한다. 그러니 반성과 치유는커녕 민족적, 종교적 갈등을 전쟁에 동원했던 세력에 대한 비판도 어렵다. '평화'라는 단어는 한 획도 그어지지 않았다.

이 모든 게 발칸의 문제만은 아니었다. 비슷한 염증을 앓고 있는 우리를 떠올렸다. 그래서 예상보다 이곳에 오래 머물렀다. 이곳은 인류의 난제를 모아둔 문제집, 다른 것들 사이의 공존이 나날이 어려워지는 현대의 우리에게 주어진 일종의 오답 노트인지도 모른다.

베오그라드에서의 마지막 날, 옛 유고슬라비아 연방의 대통령 브로즈 티토의 묘를 찾았다. 연방의 영광을 박제한 박물관에 잠들어있는 그는 민족과 국가 간의 화합을 꿈꿨고 일부분 실현했다고 평가받는 독재자다. 무덤 앞에서 속으로 물었다. 어떻게 이 반도에서 잠깐의 평화라도 만들 수 있었는지. 지금의 우리를 본다면 당신은 뭐라고 할 것인지. 누워있는 그는 당연히도 대답이 없었다. 천장의 창을 따라 내려앉은 햇볕만 그의 관을 무연히 감싸고 있었다.

깎여나간 것들의 뒤편에서

D+132, 그리스 메테오라

그리스에서 허락된 시간은 일주일에 불과했다. 비자 없이 체류할 수 있는 기간을 제한하는 셍겐 조약 탓이다. 그리스 북부 테살로니키에서 출발해 맨 아래 크레타 섬까지 한 바퀴를 돌고 다시 올라와 터키로 빠져나가기로 했다. 7일간 총 1,800km 정도를 운전하는 셈인데 러시아를 거친 탓에 이 정도는 이제 아무렇지 않았다.

올림포스 산을 왼편에 끼고 남하하다 그리스 중부의 메테오라에 들렀다. 꼬불꼬불 산길을 올라 마주친 돌기둥과 바위 절벽은 신이 부리는 석공이 깎아 만든 듯했다. 그 위에 지어진 적갈색 지붕의 작은 수도원들은 고즈넉한 자태를 뽐냈다. 초록의 숲은 거친 표면을 보듬고 파란 하늘이 햇살로 마법을 부려 보이는 것마다 생동감을 부여했다. 언젠가 서울의 홍대입구역에서 "메테오라 같은 곳은 메테오라밖에 없다"라는 광고 문구를 본 적이 있다. 광고 문구보다 탁월한 현실을 만났다. 흔치 않은 일이었다.

수천만 년 전 이곳은 원래 호수였다고 한다. 물줄기가 실어 나른 각종 퇴적물이 쌓이고 쌓였다. 지반이 융기하면서 물은 밀려났고 퇴적물은 세상을 만났다. 그리고 저마다의 함량에 따라 비바람에 다른 속도로 깎여 나가면서 지금과 같은 모습이 됐다. 그리고 약 천 년 전, 신을 만나려면 높은 곳으로 가야 한다고 믿었던 수도사들이 이곳에 모여 생활하며 땅에 이름을 붙여주었다고 한다. 메테오라, '공중에 매달린(suspended in the air)'이라는 뜻이다.

여행 전 부모님과 함께 살던 집 근처에 꽤 큰 교회가 있었다. 교회 담벼락에는 '넘어진 건 당신의 잘못이 아니지만 일어나지 않는 것은 당신의 선택이다'라고 써 붙인 현수막이 수년간 붙어 있었다. 술기운이 흥건한 날에는 화가 났다. 일으켜주지도 않을 거면 신은 무엇을 하는 거람, 불경한 투정이 샘솟았다.

살다 보면 누구나 많은 마찰과 상처를 입는다. 그리고 같은 풍파에도 누군가는 견뎌내고 누군가는 마모된다. 메테오라의 바위기둥처럼 비바람을 견딜 만큼 충분히 단단한 녀석들은 자신의 모습을 유지하고 서 있을 수 있다. 그만큼 강하지 못해 깎여나간 것들은 흔적도 남지 않았다. 이곳을 찾은 여행자도, 수도원을 지키는 교인들도 흩어진 것들에는 눈길을 주지 않는다.

메테오라를 개척한 수도사들은 신이 높은 곳에 있다고 믿고 절벽을 올랐다. 그곳에서 신을 섬기는 것이 영성에 더 가까워지는 길이라고 믿었다고 한다. 신은 과연 높은 곳에 있는 걸까. 그곳에서 우리를 내려다보며 일어나라는 훈계만 늘어놓고 있을까. 나는 신을 믿지 않지만 믿고 싶은 때도 있었다. 그때 신이 있기를 바랐던 곳은 하늘이나 천국은 아니었다. 한겨울 옥탑방 이불 속에서 벌벌 떨던 내 곁에 있어 주기를 바랐다. 해마다 상흔이 나이테처럼 늘어가는 내 친구의 옆에 있어 달라고 빌었다.

그들의 말대로 신이 있다면 메테오라의 산봉우리에는 없었으면 좋겠다. 바위기둥 꼭대기에는 가난이 없으니까. 신은 기둥 뒤편, 모래알처럼 사라진 이들이 잠든 흙바닥에 있었으면 좋겠다. 그래서 신을 만나고자 하는 사람들이 더욱 아래로, 발밑과 땅끝으로, 우리 사회의 가장 깊은 곳으로 향할 수 있었으면. 신은 모름지기 그런 곳에 있어야 한다고, 나는 그렇게 내내 불경했다.

못난이 신은 어디 갔을까

어린 시절 그리스로마 신화를 몇 번이고 읽었으나 델포이가 실존하는 도시라고 생각한 적은 없었다. 델포이의 아폴론 신전이 실제로 존재했으며 지금도 유적이 남아 있다는 사실을 알고는 심장이 두근댔다. 운전대를 붙잡고 속력을 내 델포이로 달음박질쳤다. 서점에서 그리스로마 신화의 다음 편을 품에 안고 엄마에게 뛰어가던 그때처럼.

밤늦게 도착한 델포이의 첫인상은 기대와는 달랐다. 이름과 역사에 걸맞게 고즈넉하고 신비로운 분위기를 기대했는데, 실상은 밤늦게까지 펍에서 흘러나오는 클럽 음악으로 잠들기도 어려웠다. 각종 기념품 상점과 비싼 음식점이 즐비한 너무나도 현대적인 관광지의 전형이었다. 오늘날의 델포이는 아폴론이 아닌 오르페우스와 디오니소스 신의 가호를 받나 싶었다. 음악

소리에 뒤척이다 겨우 잠이 들었다.

유적은 다르리라는 기대를 품고 다음 날 아폴론 신전에 올랐다. 델포이 자체가 고지대에 있고 신전은 도보로 15분쯤 더 올라가야 나온다. 인파를 헤치고 신전이 있던 곳에 올라서니 아래 세상이 한눈에 들어왔다. 저 멀리 산자락까지도 시야에 담겼다. 과연 이렇게 아래 세상이 훤히 보이니 신의 말씀을, 운명을 안다고 자신했을 수도 있겠다. 신탁을 내려주던 신전은 상당 부분 무너졌지만 상상을 더하면 당대의 풍경을 짐작할 수 있었다. 사제 '피티아'가 앉아 신탁을 내려주던 청동 솥도 유적에 딸린 고고학 박물관에서 직접 볼 수 있다.

영단어 'Delphic'은 '델포이의'라는 뜻 외에도 '수수께끼 같은, 모호한'이라는 뜻도 갖고 있다. 델포이의 신탁이 워낙 애매하고 뜻을 알기 어려웠던 데서 비롯됐다. 낭만적으로 해석하면 진짜 신의 목소리를 들은 것일지도 모른다고 생각한다. 우리 시대 신들의 계시도 그렇게 우리에게 내려온다고 지금도 믿어지지 않는가.

반대로 조금 비정하게 해석하면, 귀에 걸면 귀걸이고 코에 걸면 코걸이가 되는 모호한 말로 신뢰는 획득하면서 도망칠 곳은 남겨두었던 것이다. 그런 의미에서 델포이의 신탁은 오늘날까지도 살아남았다. 진실과 거짓을 뒤섞어놓고 흐릿한 경계에서 생존하는 수완. 현대판 피티아로 이름 붙일 수 있을 몇몇 인물들이 떠오른다. 거짓이 독점되지 않고 진실을 선택할 권리는 우리에게 있는 것이 그때와 조금이나마 달라진 점일까.

아폴론 신전 아래에는 순례자들이 머물렀다는 아르테미스 신전이 있다. 그다지 유명하지 않은 덕분에 아폴론 신전을 들썩였던 학생과 관광객들이 이곳에는 없었다. 고요하니 이제야 숨통이 트였다.

올리브나무 사이로 새들이 지저귀고 있었다. 무너진 신전의 구석에 홀로 앉아 눈을 감으니 수천 년 전 이 땅에서 펼쳐졌을 신화 속 세계에 몸이 닿는 것만 같았다. 마침 해 질 녘이었다. 햇살이 무너진 유적을 사선으로 붉게 감쌌다.

신화의 시대는 오래전에 끝났다. 이제는 고고하고 도덕적인 유일신이 신앙을 지배한다. 그러나 저 멀리 바다로 잠수하는 태양에는 낡은 마차가 아직 매달려있으면 좋겠다고 생각했다. 질시하고 사랑하며 다투다 화해하기를 반복하는 사고뭉치 신들이 그리웠다. 신이 스스로를 본떠 인간을 만들었다면 못난 이 신들을 위한 자리도 있어야 하는 게 아닐까. 완벽하지 않은 우리를 위로하듯 닮았던 옛 신들에게 경배하고 싶었으나 신전은 오래전 무너진 뒤였다. 반쯤 남은 열주 뒤편으로 노을만 그림자로 주저앉고 있었다.

당신을 만나러 여기까지 왔어

> 나는 아무것도 바라지 않는다.
> 나는 아무것도 두려워하지 않는다.
> 나는 자유다.
>
> - 니코스 카잔차키스의 비문 -

책에서 구원을 찾던 시절 '그리스인' 조르바는 내가 숨통을 빌렸던 이들 중 하나였다. 조르바와 함께 춤을 췄고 말년에는 그를 자유의 상징으로 재창조한 작가 니코스 카잔차키스가 덩달아 궁금했다. 이제는 너무도 유명해진 그의 비문을 품에 안고 잠든 날이 여럿이었다. 순례 같은 이 여행을 준비하던 날들에 나는 그들과 함께였다.

크레타 섬은 그가 나고 자라 평생을 사랑했던 공간이다. 동시에 소설 속 주인공 '나'가 조르바와 함께 먹고, 춤추고, 일하고, 시를 쓰던 무대이기도 하다. 그 모양과 향취가 궁금했다. 그가 말하는 자유가 무엇인지도. 그래서 크레타는 항상 여로의 최남단 목적지로 고정돼 있었다.

아테네에서 크레타까지는 배로 10시간 정도 걸린다. 머리를 쥐어짠 끝에 나이트 페리를 타고 새벽에 입도해 한나절 여행한 뒤 다시 나이트 페리를 타고 돌아오는 방법으로 겨우 하루를 만들었다. 차를 배에 싣고 좁은 도미토리 객실 침대에 누워 안소니 퀸이 나오는 1964년 작 '그리스인 조르바' 영화를 다시 봤다. 긴 러닝타임이 지나고 잠깐 눈을 붙였을까, 선원들이 방마다 돌아다니며 일어나라고 외쳐대는 소리에 아침을 맞았다. 크레타였다.

밖으로 나오니 장대비가 갑판을 두드리고 있었다. 섬에 내리고 한 시간쯤 지난 뒤에는 천둥번개가 치고 우박이 쏟아졌다. 미노스 문명의 파이스토스 유적지에 갔다가 입장 티켓만 끊고 사무실로 피신했다. 나는 나가겠다고 고집을 부렸으나 직원들은 번개에 맞을 수 있다며 한사코 말렸다. 실제로 그런 사고가 종종 있다고 한다. 다이달로스가 지었고 미노타우로스 신화로 유명한 크노소스 유적은 아예 들어가 보지도 못했다. 모두 포기하고 카잔차키스 박물관으로 직행했다. 그나마 실내인 곳이 낫겠다고 생각해서였다. 그러나 박물관도 깜빡깜빡 자꾸만 정전이 돼서 제대로 보기가 어려웠다.

그런데도 나는 온종일 즐거웠다. 카잔차키스를 만나기에 환상적인 날씨가 아니냐며 박물관 직원과 농담을 주고받았다. 소설 속 조르바와 주인공 '나'가 처음 만나는 항구의 날씨도 딱 이렇게 모든 것을 적셨다. 소설의 정취를 느끼러 왔다면 최고의 날씨인 셈이다. 그들이 전 재산을 쏟은 사업이 깡그리 망한 날 저녁, 둘은 통쾌하게 웃으며 바닷가에서 춤을 춘다. '나'는 그때 비로소 스스로가 살아 있다고 느낀다. 그 마음의 한 조각이라도 얻을 수 있다면, 나도 '나'가 되어볼 수 있다면. 고작 일정 몇 개 어그러진 게 문제일 리가 없었다.

오후에는 비가 잠깐 그쳤다. 그 틈에 카잔차키스의 묘가 있는 곳으로 향했다. 크레타 섬과 지중해가 내려다보이는 높은 언덕 위에 그가 나무 십자가 하나를 세워두고 잠들어 있었다. 카잔차키스는 살아생전 교단의 부패를 비판했다는 이유로 교

회에 묻히지 못했다고 한다. 그러나 이 자유로운 사람에게, 좁은 교회보단 넓은 크레타의 언덕이 더 잘 어울리는 것 같았다. 뿌릴 술은 챙겨가지 못해 가만히 서서 묵념했다. 이 먼 곳까지, 당신을 만나러 왔어. 물기를 머금은 섬 바람이 목덜미를 껴안았다. 두 손을 앞으로 겹치고 그와 함께 견뎌냈던 지난날을 어루만졌다.

어떤 날에는 숨을 너무 많이 쉬어서 죽을 것 같기도 했다. 지나친 스트레스나 불안으로 숨이 잘 쉬어지지 않으면 사람은 패닉에 빠진다. 긴 호흡보다는 짧고 얕은 호흡을 여러 번 반복하게 되고, 그러다 보면 몸 안에 있던 이산화탄소가 너무 많이 빠져나가 위험한 상태에 이르기도 한다. 그 시절 도움을 구했던 상담사 L은 내게 산소통을 매달고 물속에 있는 장면을 상상해보라고 했다. 눈앞의 어둠과 온몸을 짓누르는 물의 무게는 분명 두렵겠으나 그렇더라도 숨을 쉴 수 없는 것은 아니라고. 불안은 우리를 죽일 수 없으니, 착각을 몰아내고 차분히 숨을 내쉬면 괜찮을 거라고. 그렇게 숨의 길이를 조금씩 늘이면 된다고 L은 나를 다독였다. 그의 조언은 꽤 효과가 있었다. 눈을 감고 고요한 바닷속에 있다고 상상하면 숨은 조금씩 길어졌다. 어둡고 깊은 물이 오히려 나를 포근히 숨겨주는 것처럼 느껴지기도 했다.

숨이 얕고 위태롭던 시기 카잔차키스의 모험담은 내게 산소통과도 같았다. 모든 게 망가져도 굴하지 않고 춤을 추는 카잔차키스와 조르바. 무엇도 두려워하지 않고 불안도 짓눌림도 없이 자유로운 그들. 두 사람을 붙잡고 해방의 공상을 탐닉하며 부유할 때 나는 괜찮았다. 상상에 불과하더라도 분명한 구원이었다. 그러니 여기까지 감사 인사를 전하러 오는 것도 당연한 일이었다. 그를 만나고 다시 배를 타고 돌아가는 길, 조그만 이층 침대는 여전히 비바람에 흔들렸으나 나의 숨은 깨지 않을 만큼 깊고 길었다.

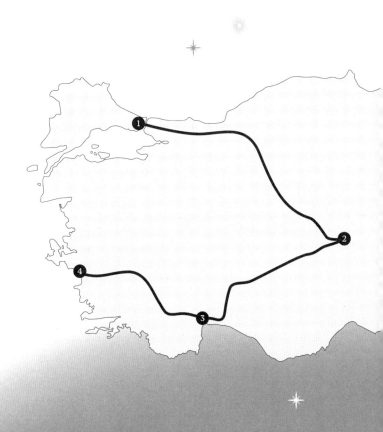

4부

식사는 잘 챙겼어?

유럽을 떠나 터키로 넘어온 지 어느새 일주일이 됐다. 이곳에서는 솅겐의 시계가 나를 보채지 않는다. 이스탄불에서 마음씨가 따뜻한 한국인 여행자 K를 만나 사람의 온기를 채우고 터키의 수도 앙카라에 도착했다. 행정수도라 볼거리가 많지 않지만 차량 정비를 위해 들렀다. 예전 모스크바에서 임시로 펑크를 때웠던 곳이 점점 벌어지고 있는데, 혼자 해결해보려 끙끙댔으나 시간이 갈수록 바람 빠지는 속도가 빨라져서 어쩔 수 없이 교체하기로 했다.

하루에 수백 킬로미터씩 장거리 달리기를 몇 달째 하고 있으니 차에도 이런저런 문제가 생긴다. 차량 정비소에 가면 정비사들이 신기한 눈으로 쳐다본다. 한국 번호판을 처음 본 탓이다. 그들은 내게 이 차가 한국의 '오리지널' 차인지, 그럼 어떻게 차를 여기까지 가져왔는지, 이 글자는 뭐라고 읽는 것인지 물어본다. 그럴 때마다 나는 머쓱했다. 정비사 외에도 많은 이들이 차를 보고 말을 걸기 때문에 관심에 익숙해질 법도 한데 불편함을 좀처럼 털어낼 수가 없었다. 이방인임을 드러내는 일이 여행자에게 그리 좋지만은 않다는 것을 알고 있기 때문이다.

정비사들은 솜씨 좋게 금방 타이어를 교체해줬다. 가격이 싼 편은 아니었지만 여긴 한국이 아니니까 어쩔 수 없다. 일을 마치고 헤어지려는데 머리가 반쯤 벗겨진 정비소 사장이 나를 붙잡았다. "너, 밥은 먹었어?"

잘 모르는 사람의 호의를 불편해하는 편이다. 보통은 먹었든 안 먹었든 이런 상황에선 먹었다고 대답한다. 그런데 점심을 거른지라 나도 모르게 대답해버렸다. "어, 아니, 아직"이라고.

그는 금니를 내보이며 환하게 웃더니 정비소 안쪽 창고로 나를 데리고 갔다. 그러고는 큰 접시에 정체 모를 음식들을 담아 식사를 차려줬다. 삶은 달걀이 주재료였던 샐러드와, 토마토와 치즈를 섞은 전통 요리, 큰 빵과 콜라까지. 사장은 음식을 내어주면서 '가득' 먹으라고 말했다. 아니 정확히는 불뚝 튀어나온 배를 두드리며 웃었는데 나는 그런 뜻으로 받아들였다.

예의에 어긋나지 않는 선에서 조금만 먹을 생각이었다. 낮선 호의를 받는 학습된 방법이었다. 대충 손에 집히는 대로 입에 넣었다. 그런데 너무 맛있었다. 그게 문제였다. 나도 모르게 허겁지겁 먹어 치우다 정비사들과 눈이 마주쳤다. 껄껄 소리와 함께 환한 웃음이 날아왔다. 설거지를 하려니까 사장은 손사래를 치며 말리고는 홍차를 타 줬다. 터키에서는 식후에 꼭 차를 마셔야 한다는 말과 함께. 결국 풀코스로 대접받은 셈이 됐다.

서로의 영어가 짧아서 많은 대화를 나누지는 못했지만 나는 볼록 불러오는 배를, 그는 나의 등을 두드리는 것으로도 충분했다. 인사한 뒤 시동을 걸고 떠나려는데 사이드미러로 그의 모습이 보였다.

"여행 잘해, 다치지 말고!"

그는 어눌한 영어에 따뜻함을 담아 크게 소리쳤다. 내가 시야에서 사라질 때까지 그는 계속 손을 흔들고 있었다.

여행을 하며 만나는 현지인들은 완전한 타인이다. 낯설고 이해할 수 없는, 예측할 수도 신용할 수도 없는. 그래서 경계한다. 모두가 나쁜 사람이 아니더라도 소수의 나쁜 사람이 가져오는 악영향이 너무 크기 때문이다. 길고양이가 인간을 신뢰하기를 바랄 수 없는 이유와 비슷하다.

만약 밥을 먹었으니 돈을 달라고 했다면 어땠을까. 주자니 화가 나고 주지 않자니 말씨름이 길어져 이래저래 기분이 좋지 않았을 것이다. 배신감도 짙게 남았으리라. 터무니없는 상상은 아니다. 많은 여행자가 그렇게 당하고, 나도 그랬던 적이 있으니까.

그러나 지레짐작하여 거절했다면 나는 이 맛있는 밥을 먹지 못했을 거다. 한 달 가까이 터키에서 체류하는 동안 이보다 맛있는 음식을 먹은 기억이 없다. 조건 없는 호의는 자주 있지는 않지만 가끔 이렇게 홀연히 나타나 신뢰의 값어치를 확인해준다. 못된 사람들도 의심의 값어치를 마음속에 새겨주기는 매한가지이지만, 어차피 둘 다 가끔 있는 일이라면 이중 무엇을 믿을지는 선택의 문제다. 의심과 경계로 뭔가 지켜보려던 사이에 우리는 시나브로 어떤 따스한 세계를 잃어가고 있는 걸지도 모르겠다.

원래는 앙카라에서 무스타파 케말의 영묘를 들르려 했는데 몇 시간씩 줄을 서야 한다고 해서 포기했다. 앙카라의 기억은 정비소에서 얻어먹은 따뜻한 밥 한 끼뿐이다. 아직까지 나는 사장의 이름도, 그때 먹은 음식의 이름도 알지 못한다. 그러나 나는 지금도 이날 먹은 한 끼로 터키라는 나라를 기억한다.

동굴에 사는 사람

색색깔의 열기구가 유명한 카파도키아에 왔으나 열기구를 보지 못했다. 반쯤은 돈 때문이었다. 경험에 돈을 아끼고 싶지는 않았으나 이맘때쯤 나는 무사히 귀국할 수 있을지 고민해야 할 정도로 여비가 빠듯한 상황이었다. 기암괴석이 솟아오른 황야를 배경으로 열기구가 떠오르는 모습을 보려면 고층의 테라스가 있는 좋은 숙소에 묵어야 했다. 아침 일찍 차를 타고 뷰포인트로 이동하면 돈이 들지 않았지만 이조차도 내게 허락되지 않았다. 날씨 운이 좋지 않은 탓이었다. 카파도키아를 찾은 여행자들이 머무르는 마을 괴레메에서 지낸 며칠간 온종일 바람이 불었다. 사고가 날 수 있어 대부분이 열기구를 띄우지 않았고, 결국 나는 세계의 여행자들을 이곳으로 현혹하는 그 절경을 볼 수 없었다.

그러나 열기구 없는 카파도키아도 충분히 괜찮았다. 이곳의 대지는 화산의 작용으로 생겨나 태생적으로 토질이 부드럽다. 옛 기독교인들이 박해를 피해 부드러운 땅을 파고 숨어들어 도시가 만들어졌다. 곳곳에 숭숭 뚫린 구멍과 여전히 괴레메에 있는 '동굴집'이 그 흔적이다. 체험해 보고 싶었다. 겉만 동굴이고 내부는 현대적으로 꾸민 호텔보다는 실제로 사람이 거주하는 진짜 동굴집을 에어비앤비로 예약했다. 1박에 15유로의 저렴한 가격이었다.

이것이 현명한 선택이 아니었음을 깨닫는 데는 그리 오랜 시간이 걸리지 않았다. 12월이 가까워오는 초겨울이었다. 동굴의 입구를 대충 철제문으로 막아둔 집은 바깥의 추위를 막지 못했다. 너무 좁고 햇빛은 들지 않아 음침했으며 따뜻한 물도 나오지 않았다. 양치할 때마다 이가 시리고 샤워할 때는 물이 너무 차가워 얼굴이 띵했다. 몸이 떨려올수록 얼른 떠나고 싶다는 생각만 머릿속에서 진동했다. 그래서 괴레메에 있는 동안에는 일부러 저녁 늦은 시간까지 밖에서 시간을 보냈다.

이곳의 집주인은 지한, 괴레메의 작은 여행사에서 일하는 내 또래의 청년이었다. 괴레메를 떠나기 위해 돈을 모으고 있다고 했다. 그는 동굴에 딸린 안쪽 방을 내게 내줬다. 집에는 가스가 들어오지 않아 지한은 휴대용 가스버너로 요리를 했다. 전기는 캠핑할 때 쓰는 릴선으로 밖에서 들여오고, 와이파이는 옆에 있는 호텔의 것을 무단으로 빌려 쓰고 있었다. 그리고 그는 매일 새벽같이 나가 저녁 늦게까지 일을 했다. 그의 동굴에서 머무르는 3일간 그의 얼굴을 본 것은 한두 번에 그쳤다. 밤에는 앓는 소리가 어둑한 동굴의 벽을 타고 나에게까지 들려왔다. 그의 잠꼬대에는 신음과 애원이 섞여 있었다.

지한이 신경 쓰였다. 나야 떠나면 그만이지만 그의 삶은 이곳에서 계속되니까. 괴레메에는 동굴을 개조한 비싼 호텔이 많다. 돈을 들이면 동굴에도 별을 달 수 있는 것인지, 성급을 자랑하는 호텔들은 화려한 빛과 음악을 늦은 시간까지 발산한다. 그 사이사이 움푹 파인 구석마다 빛도 바람도 들지 않는 어둑한 동굴이, 진짜 동굴집에 사는 사람들이 있었다. 관광산업이 소외 당하는 이들의 양식을 비싼 값에 파는 동안 그들의 삶은 점점 비싸지기만 할 뿐 나아지지 않았다고 한다면 원망이 지나친 것일까. 다정하고 성실한 지한이 행복하기를 바랐다.

괴레메 인근 데린쿠유에는 도망자들이 머물렀던 거대한 지하도시가 남아있다. 부드러운 화강암을 지층에서 85미터 아래까지 파고 들어가 만든 이 도시에는 한때는 최대 2만 명까지 머물렀을 것으로 추정된다고 한다. 기원전 7~8세기 프리기아인들이 만든 뒤 시대에 따라 저마다의 이유로 탄압받고 위기에 처한 이들이 이곳에 머물렀다. 어둑한 계단을 타고 내려가자 눅눅한 먼지의 냄새가 났다. 벽에 붙은 전구 외에는 빛을 찾기가 어려웠다. 방과 통로가 개미굴처럼 얽히고설켜 있었다. 깜빡이는 불빛 뒤편으로 인간들이 몸 하나를 겨우 누이고 생존한 흔적이 거뭇하게 남아있었다.

데린쿠유를 보며 서울의 쪽방촌을 떠올렸다. 두 공간은 같지 않다. 많이 다르다. 그런데 천년의 세월이 무색하지 않을 정도로 충분히 다른지는 모르겠다. 종교가 달라 쫓겨나던 그때의

사람들과 돈이 없어 밀려나는 오늘의 사람들은 또 얼마나 다를까. 나는 분명 열기구를 보러 카파도키아에 왔는데 하늘이 아니라 땅 아래만 하릴없이 보게 됐다.

괴레메를 떠나는 날 나는 지한을 만나지 못했다. 그가 미처 개지 못하고 던져둔 옷가지, 엇갈린 채 뒹구는 고무 슬리퍼를 보며 동굴을 떠났다. 밖에 나오니 초겨울의 햇살이 그제서야 따사로웠다. 그에게 떠난다고 메시지를 남겼다. 곧 답장이 왔다. 새벽에 출근하느라 인사를 하지 못해 미안해. 즐거운 여행이 되길 바라.

그의 동굴 앞에 우두커니 선 채 몇 마디를 썼다 지우기를 반복했다. 행운과 행복을 빌어, 지한. 내가 할 수 있는 것은 열 글자짜리 기도가 전부였다.

태양이 너무 밝아서

지중해는 카뮈와 카잔차키스가 사랑한 바다다. 터키 남부 아나톨리아 지방은 지중해의 아름다움을 한껏 만끽할 수 있는 유명한 휴양지다. 고대 사람들도 그 아름다움을 알았는지 이곳에서 신들이 휴양을 즐긴다고 믿었다고 한다. 해상무역의 이점까지 더해져 이 지방에서 고대도시들이 융성했다.

차를 끌고 아나톨리아 지방 곳곳에 흩어져 있는 고대도시를 여행했다. 지중해의 해안선을 따라 늘어선 시데와 아스펜도스, 페르게, 파셀리스에서는 고대 그리스와 로마의 유적을 한가득 찾아볼 수 있었다. 버려지고 잊힌 탓에 그리스와 이탈리아보다 원형이 잘 남아있는 경우도 많았다. 누군가 서양의 옛 유적을 보고 싶다면 터키로 가라더니 참말이었다.

그중 압권은 시데였다. 지중해를 바라보는 아폴론 신전이

반쯤 남은 2천년 전의 고대 도시에서 사람들은 생활 방식만 조금 바꾼 채 지금도 살아간다. 밤늦게 도착해 숙소를 찾느라 길을 헤매는 와중에도 마음만은 계속 두근거렸다. 내일 아침 해가 비추는 이 도시는 얼마나 아름다울까, 기대하던 그 밤은 성탄절 선물을 상상하며 잠들었던 어린 날의 이브 같았다.

선선한 오전의 공기를 들이마시며 만난 풍경은 과연 찬란했다. 바다가 태양 빛을 등에 이고 반짝이고 있었다. 뭍이 파도의 거품을 훔친 듯 세상이 온통 희었다. 하얀 대리석 돌바닥과 기둥, 건물의 벽과 이슬을 손에 쥔 풀잎까지도 크리스털처럼 사방으로 빛을 반사했다. 중천으로 해가 떠오를수록 세상은 점점 더 밝아졌다. 이 정도로는 모자란다는 듯이. 밝다 못해 시야가 부예지는 것 같았다.

카뮈의 소설 '이방인'에서 '나'는 아랍인에게 총을 쏜다. 재판에 넘겨진 그는 "태양이 눈이 부셔서" 총을 쏘았다고 말한다. 어두컴컴한 방 안에서 책을 읽던 나는 그 대목을 전혀 이해하지 못했다. 그런 태양을 만난 적이 없었기 때문이다. 그런 내게 이방인의 마음을 가르친 것은 시데의 태양이었다.

한낮의 태양은 시야를 압도한다. 태양을 바라보고 서면 태양 외에 다른 것들은 전혀 보이지 않는다. 바다는 들끓는 듯하고 앞의 남자는 총을 꺼내는 것 같기도, 아닌 것 같기도 하다. 세상이 날 먹어 삼킬 것 같을 때, 어떤 인간은 방아쇠를 당김으로써 종언을 부른다. 분노보다는 두려움에, 돌진보다는 도망에 가깝다.

이른 아침 해가 떠오르는 동쪽으로 하염없이 가다 보면 아무것도 보이지 않아 아찔할 때가 있다. 태양을 마주 보지 않아야 할 것이나 도로를 벗어날 수는 없으니 피할 방도가 없다. 그럴 때면 차량도 차선도 보이지 않아서 생명의 위협을 느끼기도 한다. 너무 빛나는 무언가는 빛나서 두려울 수 있구나. 여행이란 책 속의 문장을 직접 만나 온전히 이해하는 일이다. 한 문장을 이해하기 위해 수만 킬로미터를 달려야 한대도 그로써 삶의 진실을 한 줌 쥘 수 있다면 아까울 게 없다.

저녁엔 해변의 돌무더기 위에 앉아 신전 뒤편의 바다로 지는 노을을 구경했다. 한낮의 태양이 빛났던 만큼 저녁놀은 따뜻하게 붉었다. 가끔 이런 날은 그냥 행복하단 말이지. 바다도 하늘도 대지도 발그레 취한 것 같았다. 저녁상에 오를 물고기를 노리는 낚시꾼과 옆에서 얼쩡대는 갈매기들, 활짝 웃는 얼굴로 사진을 찍는 연인들, 장사를 마치고 가족들에게 돌아갈 채비를 하는 상인들. 오랜만에 돌아갈 곳도 돌아갈 날도 떠올리지 않을 수 있는, 아무런 수식어 없이도 행복한 날들이었다.

신전에서 쫓겨난 신에 관해

나는 종교가 없다. 다만 대체로 다 믿음직하다고 생각할 뿐 아무것도 믿지 않는 것은 아니다. 종교를 명분 삼은 악행들을 공부할 땐 신을 원망하기도 했었다. 그러나 살면서 종교가 사람들에게 주는 위안과 평화, 선한 메시지와 그것을 실천하며 살아가는 본받을 만한 사람들을 충분히 만나보기도 했다. 정치나 자본이 할 수 없는 오직 종교만이 가능한 영역은 양지와 음지 모두에 있다.

여행이 길어지니 자연스레 기독교와 유대교, 이슬람교의 중요한 공간들을 두루 방문했다. 유명한 성당과 회당, 사원들은 하나같이 높고 거대했다. 그곳에는 자신의 목숨보다 신을 소중히 여기는 이들의 기도가 있었고 그들의 눈빛과 몸짓에서 신실함이 현현했다. 천년이 넘는 세월 동안 하나의 이름 아래 축

적된 절실한 마음들을 가만히 떠올리고 있노라면, 신의 존재를 믿든 안 믿든 그 자체로 성스러움이 스며드는 것 같았다.

이스탄불에서 출발해 터키의 절반을 시계 방향으로 돈 뒤 터키의 서편, 에게 해 연안의 에페소스에 왔다. 한국에서는 '에베소'라는 이름이 더 익숙하다. 한국의 교인들에게는 성지 순례의 필수 코스 중 하나라고 한다.

이곳에는 예수 이전 신앙계를 지배했던 신들 중 하나인 아르테미스의 신전이 있다. 옛 그리스의 시인 안티파트로스가 꼽은 '7대 불가사의' 중 하나다. 그는 바빌론의 공중정원도, 이집트의 피라미드도 이 신전에는 비할 바가 못 된다고 평했다.

그러나 이곳을 찾은 방문자는 외롭게 혼자 서 있는 기둥 하나와 그 주변을 나뒹구는 대리석 몇 개를 만날 뿐이다. 잔해라도 남아 있으면 원형을 유추해 복원이라도 할 텐데 아무것도 남지 않아 그마저도 어렵다고 한다. 사라진 기둥들은 인근의 모스크와 교회를 짓는 데 쓰였다고 전해진다. 헤로스트라토스의 방화와 고트족의 침략까지 모두 견딘 신전의 말로가 초라하다. 아르테미스는 한때 초원과 달밤을 지배했으나 신자를 잃으니 속절없이 자신의 신전에서 쫓겨났다.

그 빼앗긴 기둥이 있다는 교회가 바로 근처에 있다. 성 요한의 교회다. 십자가 모양으로 지어진 이 오래된 교회의 중앙부에 예수의 열두 제자 중 한 명인 사도 요한의 무덤이 있다. 4개의 기둥이 수호하는 가운데 흰 대리석 판 아래 그가 누워있었다. 많이 무너진 주변 교회 건물과 달리 이곳만큼은 대리석이 반질반질했다. 너무 오래된 일은 현실감이 없어서, 문득 그 실존의 증거를 맞닥뜨리면 어안이 벙벙할 때가 있다. 그의 무덤 앞에서도 나는 어긋난 현실감각을 맞추느라 잠깐 숨을 가다듬어야 했다. 작은 기도를 올렸다. 이곳도 원형과는 많이 달라졌으나 한때의 거대한 규모와 위엄을 상상할 수 있을 만큼은 모양을 유지하고 있었다.

다시 차를 타고 약 20분쯤 굽이굽이 산길을 올라가면 산중에 오두막이 하나 있다. 예수가 죽은 뒤 사도 요한과 함께 에페소스에 온 성모 마리아가 여생을 보낸 곳으로 전해진다. 약간의

논란이 있긴 했으나 가톨릭에서 공식 성지로 선포한 곳이다.

새가 지저귀는 가운데 풀숲을 두른 갈색의 집이 시야에 들어온다. 관광객에게 숭배의 마음을 요청하듯 입구부터 침묵을 지키라는 안내문이 있었다. 늦은 오후에 찾으니 사람이 아무도 없었다. 문을 열고 들어가니 고요함에 전율이 느껴졌다. 의자에 앉아 눈을 감고 기도하던 중 뒤쪽으로 사람들의 말소리가 들렸다. 신부의 차림새를 한 사람들이 들어오더니 성경을 꺼냈고 단체로 기도문을 외기 시작했다. 불경한 참배객인 나는 중간에 나가도 되는 건지조차 알 수가 없어서 30분 넘게 앉아 눈을 감고 함께 기도를 올렸다. 솔직히 말하자면 신부들이 외는 길고 긴 기도문 중 '아베 마리아'와 '아멘'을 제외하면 한마디도 알아들을 수 없었다. 그러면서도 나는 무언가를 계속 빌었다. 이 우스꽝스러운 기도가 성모에게 닿는다면 그는 뭐라고 답할까. 기도가 끝난 뒤에는 괜히 민망해져 뒤도 돌아보지 않고 도망치듯 나왔다.

이 작은 오두막은 초라하지만 오랜 세월 살아남아 지금까지도 신자들을 전 세계에서 불러 모은다. 반대로 필시 거대했을 신전은 모두 무너졌다. 사람이 떠난 자리에 잡초를 다듬는 일은 새들이 물려받았다. 인간 세계의 다툼과 흥망에 따라 신전도 신도도 사라지는 거라면, 정말 신은 있는 걸까. 인간에게서 잊힌 신은 어디로 가는 걸까. 신도 우리와 마찬가지로 보살핌을 필요로 하는 존재인 걸까.

5부

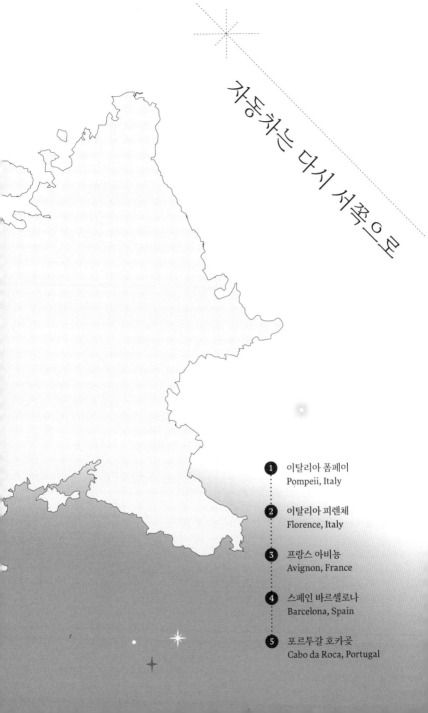

자동차는 다시 서쪽으로

1 이탈리아 폼페이
Pompeii, Italy

2 이탈리아 피렌체
Florence, Italy

3 프랑스 아비뇽
Avignon, France

4 스페인 바르셀로나
Barcelona, Spain

5 포르투갈 호카곶
Cabo da Roca, Portugal

여행과 관광은 동의어가 아니다

D+164, 불가리아 산단스키

주변 마트에서 사 온 두껍게 썬 돼지고기와 한국에서부터 공수해 온 통조림 김치, 아이스박스에 남은 야채를 손에 잡히는 대로 썰어 넣고 펄펄 끓여 만든 김치찌개. 이마트에서 만 원쯤 주고 산 전기밥솥으로 밥을 짓고 계란프라이를 부쳐 호호 불며 점심을 먹는다. 나는 분명 여행 중이지만 이틀 내내 잠깐 마트를 다녀온 것 외에는 에어비앤비 숙소 바깥으로 나가지 않았다. 내가 너무 게으른가. 반성이 뇌리를 스치지만 이내 삶에서 꼭 해야만 하는 것은 그리 많지 않다고 합리화하고는 배를 두드리며 소파에 누웠다.

북마케도니아와 코소보, 알바니아를 거쳐 이탈리아로 넘어갈 계획이었다. 그런데 배를 타기로 한 알바니아의 항구 인근에서 2주 전에 큰 지진이 발생했고 여진이 이어진다는 소식을 들

었다. 결국 다시 그리스의 서남쪽으로 내려가, 그곳에서 배를 타고 이탈리아로 넘어가기로 계획을 수정했다. 배편 일정을 맞추다 보니 이틀이 비었다. 유럽 내 체류일을 깎아 먹지 않도록 그리스 국경과 가까운 불가리아의 작은 마을 산단스키에 자리를 잡고 이틀을 보냈다. 일종의 주말이었다. 이렇게 마음 놓고 쉬는 것이 얼마 만인가. 지난날을 헤아려 봐도 기억이 나질 않았다.

여행과 휴양은 동의어가 아니다. 한곳에서 푹 쉬면 되는 휴양과 달리 여행에는 나름의 할 일이라는 게 있다. 여행자는 무언가를 보고, 모종의 감상을 느끼는 게 곧 일이다. 시간과 돈을 들여 여기까지 왔으니 하루라도 허투루 써서는 안 된다는 여행자만의 강박 같은 것이 있다. 로마나 파리, 뉴욕처럼 볼거리가 가득한 여행지일수록 더더욱 그렇다.

떠나기 전 모든 것을 준비할 수 없는 장기 여행에는 자질구레한 일들이 추가로 따라붙는다. 무사 귀국을 위해 지출을 정리해야 한다. 다음 여행지에 대해 공부하고 동선을 짜며 교통

편이나 입장권, 숙소를 예약하는 일도 있다. 자동차 여행자라면 이동하는 것 자체가 일인 데다 통행에 필요한 각종 부수적인 절차들, 국경 검문소에 대한 사전 조사도 틈틈이 해야 한다. 짧은 여행엔 부과되지 않거나 출국 전에 처리할 수 있는 것들이 족쇄처럼 장기 여행자의 발에 매달린다.

지치는 것도 당연한 일이다. 하루 종일 낯선 곳을 돌아다니며 읽을 수 없는 간판과 알아들을 수 없는 말뜻 같은 것에 치이다 보면 내가 왜 이 고생을 하고 있나, 물음이 스멀스멀 올라온다.

그럴 때마다 되새기는 말이 있다. 여행과 관광 역시 동의어가 아니다. 인간 살림살이의 역사와 문화를 좇지 않더라도, 관광 안내서의 '반드시 가봐야 할 곳' 목록을 퀘스트 깨듯 달성하지 않더라도, 여행은 여행이다.

때로는 헤엄치기를 멈추고 호수의 물결을 따라 그저 흘러가 보는 일. 내 고통의 흔적을 잔뜩 머금은 공간과 사람을 잠시 나로부터 치워두는 일. 벗을 때를 놓친 허물 밑으로 자라난 나의 새로운 속살을 이따금 발견하는 일. 오래된 골목길의 카페에 앉아 맛을 모르는 에스프레소를 홀짝이기를 며칠째, 오늘에서야 깨우치듯 그 맛을 알게 되는 일. 관광지 몇 곳을 둘러보는 것보다 의미 있는 경험이라고 믿는다. 그렇게 생각하면 숙소의 침대에 나자빠져 있어도 여행은 여행이다. 인생이 곧 과업의 명단은 아닌 것처럼, 여행도 곧 관광지의 목록으로는 설명될 수 없는 것이다.

망각 뒤에 홀로이

이탈리아 중부에는 아름답기로 소문난 아말피 해안이 있다. 근처 에어비앤비 숙소에서 이른 아침을 먹고 길을 나서니 마침 날도 화사했다. 창문을 열고 볕을 즐기며 해안도로를 달리니 특유의 바다 냄새가 뭍으로 올라와 차 안까지 파랑으로 물들였다. 그 느낌이 좋아 이유 없이 차를 돌려 같은 경로를 두어 번 오갔다. 쇳소리가 나는 자동차를 몰고 있을 뿐이지만 마음만은 억만장자가 된 듯한 느낌을 즐기며 새파란 낭만을 만끽했다.

아말피 해안에서 조금 더 북쪽으로 오면 그다지 크지 않은 산이 있다. 약 2천 년 전 이 산에서 분출된 화산재가 바로 아래 있던 도시를 덮쳤다. 도시는 그대로 멸망해버렸는데, 화산재에 순식간에 덮여버린 탓에 지금껏 그 모습 그대로 박제되어 있다. 세월이 무색하게 아직도 잊히지 못한 도시와 사람들을 보러 전 세계의 여행자가 이곳을 찾는다. 무너진 도시의 이름은 폼페이, 산의 이름은 베수비오다.

로마의 유적이야 곳곳에 넘치지만 폼페이가 특별한 이유는 따로 있다. 옛 모습을 그대로 간직한 보존상태 때문이다. 왕궁이나 교회야 기념물로 쓰기 위해 지은 것이니 보존되는 게 당연하지만, 서민들의 생활 터전은 계속 쓰이기 때문에 옛 모습이 남질 않는다. 우리도 아파트를 부수고 새로 지으며 보존해야 한다는 생각 같은 건 하지 않으니까. 그래서 이곳은 중세 로마의 생활상을 볼 수 있는 몇 남지 않은 '관광지'로 꼽힌다.

폼페이에는 서민들이 살아가던 집과 내부 장식, 음식점의 화덕, 술집의 바, 목욕탕의 욕조, 골목의 주소 표기와 심지어 성매매 업소의 광고 그림까지 남아 있었다. 덕분에 잊힌 이들의 삶을 그 바닥부터 상상할 수 있었다. 죽음의 순간은 망자가 썩어 사라진 자리에 석고를 주입함으로써 되살아났다. 겁에 질린 표정으로 서로를 부둥켜안고 웅크리거나, 닿지 못한 곳에 손을 뻗은 모습으로 그들은 여전히 이곳에 남아 생생히 기억되고 있었다.

기억된다는 것은 모든 인간의 주된 소망 중 하나일지도 모른다. 예수는 스스로 십자가에 못 박힘으로써, 아킬레스는 죽을 것을 알고도 전쟁에 나섬으로써 지금껏 인류에게 기억되고 있다. 누군가는 그저 기억에 남고 싶다는 이유로 끔찍한 일을 저지르기도 한다. 우리가 SNS에 사진을 올리고 소식을 전하며

누군가와 관계를 유지하는 것도 어쩌면 그런 의지의 일부일 수도 있겠다. 지금 여기의 주변인들로부터 잊히지 않기 위해서. 사실 나도 자주 그렇다.

내로라하던 왕들도 하지 못한 것을 폼페이의 시민들은 해냈다. 그들은 영원히 남아 지금도 기억되고 있다. 아마 그들은 영원 따위 바라지도 않았겠지. 사랑하는 이들과 살아 숨 쉬는 몇 초의 순간이 형체만 남아 기억되는 영원보다 더 값지다고 여기지 않았을까. 그러나 그런 소망과는 정반대로 이들은 폼페이의 연인, 또는 그와 비슷하게 상투적인 이름들로 불리며 앞으로도 오랫동안 유리벽 안에서 사람들에게 기억될 것이다.

폼페이의 광장에는 투구를 잃은 기마상이 홀로 서 있다. 그 앞에서 전 세계의 여행자들이 이 순간을 박제하기 위해 열심히 사진을 찍고 있었다. 이제는 잊혀도 좋을 이 무너진 도시에서, 스스로 기억되고 서로 기억하려 바둥대는 우리를 폼페이의 시민들이 쓸쓸하게 쳐다보고 있는 것만 같았다.

괜찮지 않아도 괜찮은

단테, 미켈란젤로, 다빈치, 보티첼리, 라파엘로, 갈릴레이, 도나텔로, 브루넬레스키…. 르네상스 천재들의 이름이자 피렌체가 자랑하는 위인들의 이름이다. 한 세기에 한 명 나올까 말까 하는 천재들이 같은 시대 한 공간에서 우르르 튀어나왔다. 공간이 인간에게 깊이 영향 끼친다는 전제를 인정한다면, 거장들의 물질적 흔적을 좇는 일은 어떤 공간이 그들을 거장으로 빚어냈는지 탐구하는 일이기도 하다. 작품에도 눈길이 갔으나 화가와 작가의 작업실은 어땠는지 궁금했다. 위대함을 빚어낸 인간과 사회, 그 토대에 자꾸만 눈길이 갔다.

폼페이에서 아시시를 지나 피렌체로 올라왔다. 지금 우리가 아는 이탈리아가 통일된 국가가 된 것은 사실 그리 오래된 일은 아니다. 르네상스 시절만 해도 도시 하나하나가 모두 별개의 국가였다고 한다. 피렌체도 이탈리아 중부 토스카나 지방의 강력한 공화국 중 하나였다. 피렌체 주변으로 시에나, 피사, 베니스 같은 당대의 쟁쟁한 국가들이 여전히 도시로 남아있다.

시에나는 토스카나를 양분하다시피 했던 피렌체의 라이벌이었다. 두 공화국은 산 로마노 전투를 비롯해 숱한 다툼에서 붉은 피를 흘렸으나 동시에 다른 측면으로도 경쟁했다. 누가 더 위대한 건축물을 짓고 훌륭한 예술 작품을 보유했는지를 두고 색색깔의 경쟁을 벌였다. 도시와 도시를 유랑하는 상단원이 자신이 보았던 천재의 작품들을 자랑하며 떠들 때, 옆에서 뾰로통한 표정으로 우리에겐 도나텔로가 있다고 큰소리쳤을 피렌체 시민들을 생각하니 웃음이 났다.

피렌체 구시가지는 그리 넓지 않아서 산책하듯 다녀도 도시를 충분히 훑을 수 있다. 차는 숙소에 두고 옛사람들의 자부심이 반짝이는 피렌체의 거리를 도보로 탐방했다. 시뇨리아 광장, 베키오 다리와 궁전, 산타크로체 성당과 두오모까지.

저녁이면 오래된 펍을 찾아 맥주를 홀짝였다. 대화할 사람이 없으니 귀는 자연스레 시선과 함께 주변을 향한다. 머리를 길게 묶어 뒤로 넘긴 젊은 남자와 군인처럼 짧게 자른 여자. 금발의 여자와 그의 배우자로 보이는 배부른 중년의 남자. 나이가 든 백발의 부부. 모두가 옛 라틴어와 닮은 이탈리아어로 무엇인가에 관해 열렬히 토론하고 있었다. 그들 앞에는 노란색과 주황색, 붉은색, 짙은 갈색으로 저마다 다른 색깔의 맥주들이 놓여 있다가, 사라졌다가, 다시 같거나 다른 색으로 채워졌다. 상상했다. 다빈치와 미켈란젤로가 같은 술집에 앉아 대둔근의 근섬유 모양에 대해 토론하는 모습을. 그들 앞에 놓였다가 사라지고 이내 다시 채워지는 색들을.

피렌체를 찾은 여행자는 곳곳에서 하나의 문장을 만나게 된다. 황금 방패에 박혀 있는 여섯 개의 구. 세계적으로 가장 유명한 귀족 가문 중 하나인 메디치의 문장이다. 그들은 막대한 부를 바탕으로 약 300년간 피렌체를 친족 지배하며 곳곳에 흔적을 남겼다. 그 자금으로 지식인과 예술가들을 후원했고, 덕분에 피렌체의 예술가들은 밥 굶을 걱정 없이 여유롭게 창작 활동에 매진할 수 있었다고 한다. 메디치 가문의 궁전이나 박물관엔 이름이 덜 알려진 예술가들의 작품도 많이 찾아볼 수 있었다.

다른 도시와의 거리도, 도시의 사람들 사이 간격도 좁은 이곳에서 교류와 경쟁은 끊임이 없었다. 그리고 메디치의 후원은 그들의 실패까지도 포용했다. 말하자면 불안 없는 경쟁. 서로 간의 비교와 우열 다툼이 개인들을 생존의 늪으로 몰아넣지는 않는, 탁월한 천재든 그저 그런 범재든 각자 살아갈 자리는 있는 사회. 그런 곳이라면 거장이 탄생하고 문화가 꽃피울 수 있는 걸까. 경쟁이 곧 불안과 같은 말인 오늘의 우리에게는 낯선 이야기다. 그래서 이날만은 걸작을 완성하려는 천재의 투쟁보다, 숱한 실패에도 불안에 사로잡히지 않았을 그들의 편안한 미소가 더 탐났다.

거장들이 걸었을 피렌체의 골목길은 크리스마스가 다가와 분홍빛으로 발그레했다. 알전구가 땅바닥까지 내려와 반짝였다. 날이 차가웠다. 입김을 힘껏 불면 뜬구름처럼 하늘로 올라 밤하늘까지 닿을 것 같았다. 오늘은 뱅쇼*를 마셔야겠다. 따뜻한 위로를 상상으로 빚어 마음에 건네야겠다.

---

* vin chaud. 프랑스어로 따뜻한 와인이라는 뜻. 와인에 여러 과일과 계피를 비롯한 향신료를 넣고 끓여 만든 음료.

기워지고 기울어진 도시에서

며칠을 감기로 앓았다. 계절이 추워진 탓인가. 아니면 제대로 밥을 먹지 못해서인가. 이탈리아 북부를 거쳐 프랑스의 남부를 지나쳤다. 관심 없는 책을 읽을 때처럼 서둘러 여행지를 넘겼다.

통장 잔고에 0이 하나 사라졌다. 숫자의 자릿수가 줄면 머무를 수 있는 자리도 그만큼 줄어들기 마련이다. 터키를 떠나 유럽에 돌아온 이후 높은 물가는 나를 다시 몰아세웠다. 가난은 중요도에 따라 우선순위를 감별하고 덜 중요한 것부터 포기하게 만든다. 나의 경우는 몸이었다. 기름값은 애초에 아낄 수 있는 것이 아니고 입장료를 아끼겠다고 길거리와 공원만 전전할 수는 없는 노릇이었다. 결국 숙박비와 식비를 줄여 여행을 근근이 이어가야 했다.

크리스마스를 이틀 앞두고 스페인 바르셀로나에 도착했다. 초여름에 출발했는데 어느새 겨울의 복판이었다. 바르셀로나에서는 무엇을 해야 하는지 주변에 물으니 가우디만 쫓아다니면 된다는 답이 돌아왔다. 가이드투어를 신청했다가 사람들 사이의 북적임이 싫어져 취소했다. 아무도 내게 말을 걸지 않는 상태가 이제는 더 편하다. 혼자 부유하는 여행에 픽이나 익숙해졌다.

가우디의 첫인상이 내게는 그리 좋지 못했다. 한 세기 넘게 짓고 있는 사그라다 파밀리아 성당, 까사 밀라와 까사 바트요, 까사 구엘 같은 천재의 역작들. 난해하고 복잡할 뿐이라고 생각했다. 서로 어울리지 않는 여러 모양을 요란하게 뒤섞어둔 것 같았다. 눈을 감고 옷장에서 아무거나 집어 들고 입으면 이런 느낌일까. 미완성의 첨탑을 꼿꼿이 세워 들고 도시 한복판을 차지한 성당은 아름답다기보다는 괴괴했다.

가우디를 한 문장이나마 이해하게 된 것은 선객들이 남긴 글과 해석을 찾아본 다음이었다. 사그라다 파밀리아의 상징과도 같은 나무 모양의 기둥은 곡면의 천장을 비스듬히 받친다. 구엘 공원의 기둥도 마찬가지다. 기둥은 아래에서 위로 똑바르게 곧아야 한다는 한 줄의 상식을 가우디는 수천 년 만에 부쉈다. 기둥은 천장의 무게를 견뎌야 하는데, 그 천장은 똑바른 직선이 아닌 휘어진 곡선이다. 비스듬히 쏟아지는 압력을 견디기 위해 가우디는 기둥을 기울였다. 각자의 각도로 서 있는 덕에

밑으로 추락하는 천장을 등에 이고도 무너지지 않는다.

가우디가 잠든 사그라다 파밀리아 성당에서 휘어진 천장과 기울어진 기둥을 목이 아플 때까지 올려다보았다. 무게를 견디려 기둥을 기울인 건축가의 마음이 꼭 예전에 들었던 친구 S의 위로와 닮았다고 생각했다. 당시 나는 의지만 앞서는 어린 대학생이었다. 안될 것을 두드리다 좌절하고 때로는 제 발목을 스스로 잡아 넘어지기도 했다. 세상도 스스로도 미워져 S에게 부질없는 주정을 부렸다. 그로부터 답을 들은 것은 며칠 뒤 다시 만난 포차에서였다. S는 세계가 비뚤어져 있는데 어떻게 우리만 똑바를 수 있겠냐고, 비뚤름한 모양으로 선 것이 잘못일 수는 없다고 했다. 세상은 버티는 사람이 바꾸는 거라며, 대단하지 못해도 좋으니 같이 견뎌보자고 했다. 그와 함께 연희동의 길바닥에 누워 잔뜩 꼬인 혀로 괜찮다고 몇 번을 외친 날에는 정말 괜찮은 것 같기도 했다. 그때 우리는 기울어져 있었고 어떤 때는 누워 있기도 했지만, 그러면서도 주저앉지 않고 각자의 각도로 함께 서 있었다.

까사 밀라의 옥상에 올랐다. 거무레 잠드는 하늘 밑으로 하나둘씩 불을 밝히는 도시의 전경이 한눈에 내려다보였다. 오랫동안 사람을 담았던 도시는 자신이 담은 것을 닮았다. 낡은 아파트와 주택, 고딕 양식의 성당, 높이 고개를 든 신식의 업무용 건물들. 천재 건축가들의 독창적인 건물들도 곳곳에 있다. 이건 부조화다. 서로는 전혀 어울리지 않는다. 그러나 이 모든 게 있어야 바르셀로나다. 기워지고 덧대어져야 비로소 우리가 사랑하는 생명력 넘치고 열정적인 도시가 된다.

이브의 밤이었다. 건물과 사람들 사이를 방황하듯 쏘다니다, 바르셀로나 대성당 앞에 앉아 거리의 음악가들이 부르는 가난한 사랑 노래를 들었다. 모두 돌려놓으라는 노랫말에 울컥해서 조금 울었다. 흘러가도 좋을 텐데 도통 사라지지 않는 순간들이 떠올랐다. 성탄전야에 연인과 가족과 함께하는 이들의 표정은 하나같이 좋아 보였다. 어쩌다 나는 이렇게 멀리까지 혼자 온 걸까. 이곳에서 무엇을 찾고 있는 걸까. 또는 무엇으로부터 도망치고 있는 걸까.

삶은 누더기 같아. 가끔은 구미에 맞는 몇 가지만 빼고 다 지워버리고 싶을 때가 있어. 무게에 짓눌려 잔뜩 기울어진 삶을 똑바르게 세우고 싶을 때가 있어. 그래, 그럴 수만 있다면 얼마나 좋겠어. 하지만 그건 판타지에 불과하니까. 이루어질 수 없는 가녀린 환상 대신 이 도시는 굽은 등에 손을 얹고 말을 건넨다. 기워지고 기울어진 삶이라도 이처럼 아름다울 수 있다고. 그러니까 우리 같이 서 있자고.

마드리드 질주극

"할 수 있을까?"

핀란드에 입국할 때 가입했던 자동차보험이 만료된 지 일주일이 지났다. 보험사 사무실은 마드리드에 있는데 공교롭게도 금요일이라 이날을 놓치면 월요일까지 무보험으로 다녀야만 하는 상황이었다. 유럽에서는 불시 자동차 검문을 꽤 하는 편이고 무보험으로 운전하다 운 나쁘게 걸리면 과태료를 물고 차량까지 압류될 수 있다. 바르셀로나 교외의 숙소에서 보험사까지 거리는 506km, 영업 시간은 오후 3시까지였다. 설상가상으로 체크아웃에 문제가 생기는 바람에 오전 9시 30분쯤에야 숙소를 나섰다. 직원들이 퇴근하기 30분 전까지 도착한다고 생각하면 5시간 만에 506km를 달려야 하는 상황이었다.

끔찍하지만 주저해도 방법은 없었다. 가는 수밖에. 과속 기

준을 아슬아슬 넘나들며 휴식 없이 내리 달렸다. 슬슬 다리가 저려올 때쯤 겨우 마드리드에 도착했다. 계획대로 2시 30분쯤 도착해 미션에 성공했다. 손에 땀이 흥건했지만 며칠간 골머리를 썩이던 문제를 해결하니 마음이 좀 놓였다. 장거리 운전에는 이제 도가 텄다.

뭐든지 처음은 어렵다. 특히 운전은 더 그렇다. 기능시험을 마치고 도로주행에 처음 나갈 때는 시속 40km도 너무 빨라서 땀이 난다. 남이 운전하는 차량의 뒷좌석에서 보던 것과는 차원이 다르다. 그러나 떨리는 마음을 부여잡고 고속도로에 나가 시속 100km 정도를 한번 달리고 나면 속도에 대한 두려움은 잦아든다.

블라디보스토크에서 지금까지의 여정도 그랬다. 처음 항구를 떠나 도로에 나섰을 때 주변의 차들은 온통 나를 향해 콧김을 뿜는 황소들 같았다. 본격적인 횡단을 시작했을 때는 하루에 400km를 가는 것도 버거워 숙소에 도착해 뻗기 일쑤였다. 그러다 모고차에서 800km를 운전해 보니 수백 킬로미터쯤 달리는 일이 훨씬 쉬워졌다. 예카테린부르크에서 하루 1,100km를 주파한 다음부터는 운전이 힘들었던 기억이 거의 없다.

삶의 많은 국면에서 한 번은 어렵고 두 번은 할 만하며 세 번은 쉽다. 네 번째부터는 자연스러움이 몸에 붙는다. 익숙함이란 눈썰매 같다. 몇 번 땅을 박차고 나면 가만히 있어도 경사를 따라 잘도 내려간다. 처음엔 출발이 어렵지만 중간부터는 멈추는 게 더 어렵다. 좋은 일도 나쁜 일도 그렇다. 그래서 나는 걸음이 안 떨어질 땐 그냥 무턱대고 달음박질을 쳤다. 생각과 감정을 내려놓고 일단 발을 떼었다. 그렇게 스스로의 한계를 한 뼘씩 넓히다 보면 끝까지 어려운 일은 생각보다 많지 않았다. 중요한 건 우직하게 나아가는 것, 그리고 나쁜 경사로 앞에 서지 않기 위해 애쓰는 일이다.

보험을 갱신하는 데는 20분밖에 걸리지 않았다. 마드리드를 둘러볼까 하다가 도심의 혼잡이 싫어 근교의 작은 도시 세고비아로 차를 몰았다. 낮에 무리한 탓에 관광은 미뤄두고 저녁을 차려 먹고 호스텔의 휴게실 소파에 앉았다. 좋아하는 차를 내려 한 손에 들고, 무릎 위엔 노트북을 펼쳤다. 앞에서는 아르헨티나에서 왔다는 젊은 연인이 손으로 쓴 악보 책을 꺼내두고 기타를 치며 노래를 불렀다. 오른편엔 온갖 나라의 여행자들이 모여 어눌한 영어로 대화를 나누고 있었다.

연인은 자신들의 음악 소리가 나를 방해한다고 생각했는지 연신 내 눈치를 살폈다. 목소리가 좋다며, 기타를 참 잘 친다고 말을 건네자 그들은 함박웃음을 지으며 신청곡을 불러줬다. 노트북을 닫고 차를 홀짝이며 그들의 노래를 듣고 대화를 나눴다. 우리만의 작은 콘서트는 휴게실이 닫히는 새벽 1시까지 계속됐다. 웃음과 감탄 사이 홀짝인 차 한 모금도 이곳에서는 여행이었다.

낯설고 낡은 나의 방

포르투갈은 유라시아 횡단의 마지막 목적지다. 대륙의 서단인 호카곶이 이곳에 있다. 끝이 멀지 않았다는 생각에 마음이 싱숭생숭했다. 그래서 포르토로 향하는 길에는 평소보다 차를 멈춰 세우는 일이 잦았다. 보닛에 기대어 너른 벌판이나 멀리까지 뻗은 도로를 물끄러미 보고 있으면 자꾸 앞으로만 달리는 시간선을 탈출할 수 있을 것만 같았다.

여행하며 방문한 도시가 몇 개쯤 될까. 트로피처럼 세어보는 것은 괜스러워 굳이 헤아리지는 않았으나 수십 개는 족히 될 테다. 도시라고 이름 붙이기 어려운 작은 마을들, 구글맵의 좌표로만 남아있는 캠핑지까지 따지면 신세 진 곳이 참 많았다.

북유럽에서 내려온 뒤로는 기온이 떨어져 주로 허름한 게스

트하우스나 모텔에서 지냈다. 낯선 방에 들어서면 낡은 가구와 작동하지 않는 히터, 코에 얕게 스며드는 곰팡이 냄새가 나를 반긴다. 많은 여행을 품었을 이 낡은 방에 나도 나의 시간과 이야기를 더한다. 곳곳에 사용감이 짙은 탓일까, 낯선 공간인데도 며칠은 머무른 것처럼 편안함을 느낀다. 몸을 씻고 이불로 숨어든 다음에는 내일은 또 어떤 천장 아래 머무를지 헤아리다 잠든다. 날마다 다른 천장과 다른 하늘 아래 눈뜨는 생활을 수개월째 하고 있으니 이제는 계절을 옮기는 새처럼 머무르는 것보다 떠나는 게 자연스럽다.

낯선 도시에서 잘 지내는 법을 터득했다. 지도가 없이도 길을 찾을 수 있게 됐고 언어를 몰라도 뜻을 전달하거나 이해하는 것에 꽤 능숙해졌다. 처음 만난 공간이 품은 매력을 알면 아는 대로, 모르면 모르는 대로 즐긴다. 무엇을 해내지 않아도, 남들에게 선보일 것이 하나 없어도 그런대로 흡족하게 존재할 수 있게 됐다. 마트에서 푼돈을 주고 산 빵이 예상외로 맛있을 때, 들어오면서 지나쳤던 숙소 앞의 풀꽃을 체크아웃 뒤에 발견하고 이제라도 봐서 다행이라며 웃을 때 나의 삶이 온전함을 느낀다. 마음에 단단한 닻이 생겼음을 체감한다.

매일 머무르는 곳이 바뀌니 공간에 익숙해질 틈이 없다. 대신 주변의 낯섦에, 그 익숙하지 않음 자체에 익숙해지고 있다. 유목민은 공간을 길들이기보다 공간을 넘나드는 스스로를 길들인다. 그렇게 정주민이 세계 안에 담길 때, 유목민은 자기 안에 세계를 담는다. 그래서 나는 유목을 꿈꿨나 보다. 그것은 틀 안에 담기는 것이 두려웠던 나약함, 공기를 철창처럼 느꼈던 비루한 상상에 기인한 것이지만 덕분에 내 숨에는 자유와 용기가 스몄다.

포르토에는 '아줄레주'라는 이름의 푸른 타일이 곳곳에 장식되어 있다. '윤을 낸 돌'이라는 아랍어 단어에서 그 이름이 유래했다. 이슬람 문명권의 타일 공예가 이베리아반도로 진출한 아랍인들과 함께 넘어와 1500년경 포르투갈로 전해졌고, 아줄레주라는 이름을 얻고 시대에 따라 양식을 바꿔 이제는 포르투갈의 상징이 됐다. 먼 이방으로 떠밀려 왔으나 새로운 색을 얻고 빛을 내는 아줄레주처럼 나도 그렇게 살 수 있을까. 떠밀리는 가운데서도 나의 빛을 발견할 수 있을까. 저녁노을로 온 세상이 새빨갛게 물드는데도 아줄레주는 색을 잃지 않고 푸르게 빛났다.

포르토에 오면 꼭 가보고 싶은 곳이 있었다. 수년 전 텔레비전 프로그램에서 출연진이 버스킹을 했던 광장이다. 찾는 게 어렵지 않았다. 꽤 시간이 지났는데도 그때 봤던 장면이 눈에 선했기 때문이다. 이어폰을 꽂고 조용히 앉아 그때 그 음악을 들었다. 사실 선연한 것은 텅 빈 눈과 마음으로 며칠을 누워 텔레비전 리모컨만 딸깍였던 그 시절의 나였다. 그때는 머물러 있어도 불안했으나 지금은 이리저리 떠다녀도 평온하다.

푸른 항구 도시에 찬바람은 금세 땅거미를 품고 왔다. 잔디

밭에 앉아 밤거리를 구경할 수 있는 바를 찾았다. 포르토에서 유명하다는 포트와인을 주문했다. 달콤 쌉싸름한 술기운이 몸을 데우니 밤도 그리 춥지 않았다. 사람들의 흥겨운 몸짓을 지켜보며 회상과 다짐을 몽글몽글 밤하늘로 올려 보내고는 이내 다시 나의 낡고 낯선 방으로 돌아왔다. 마지막 밤이 다가오고 있었으나 나는 여전히 떠날 생각을 하며 잠들었다.

한 해의 끝, 여행의 끝

D+184, 포르투갈 호카곶

얕은 잠에서 깨어나니 여명이 머지않은 새벽이었다. 떠난 잠을 다시 부를 수도, 흘러가는 시간을 붙들 수도 없으나 나는 눈을 질끈 감고 이불 속에 숨었다. 기다렸지만 기다리지 않은 오늘이었다. 한해의 마지막인 동시에 호카곶에서 긴 여행과 작별하는 날이었다.

관심 없는 관광지에 들러 보는 둥 마는 둥 하다 노을이 하늘을 서서히 물들일 때쯤 호카곶을 찾았다. 이왕 안녕을 말할 것이라면 한창 타오르는 해보다는 물속으로 깊이 잠수하는 해와 함께 하고 싶었다. 하루도 끝나고 한해도 끝나는 이때라면 이 여행의 끝도 어쩌면 그다지 유별나지 않을지도, 그러면 덤덤히 헤어질 수도 있지 않을까 했다.

주차장에 차를 대고 터덜터덜 언덕을 걸어 오르니 이미 많은 이들이 일몰을 기다리고 있었다. 구름은 이별하는 태양의 미련을 주황빛으로 머금었고 공기의 냄새는 촉촉이 서늘했다. 호카곶의 상징인 십자가 기념비 아래로 사람들의 마음은 오늘도 바다를 향해 늘어서고, 바다는 어김없이 육지로 철썩이고 있었다. 머리를 길게 늘어뜨린 음유시인이 기타 줄을 튕기며 흥겨운 노래를 부르니 마치 축제 같았다. 노을빛으로 얼굴이 발그레 물든 사람들의 대열에 나도 합류했다. 그리고는 난간에 기대어 이별하는 해의 미련을 내 마음에도 담았다. 사람들의 흥겨운 몸짓, 파도가 부서지는 소리, 노을의 붉은 빛이 좋았다. 그래서 그 사이에 숨어 도둑처럼 숨죽여 울었다.

무언가에 도전하려던 게 아니었다. 그렇게 휘황한 결심은 애초부터 없었다. 나는 그저 도망치고 싶었다. 대륙의 끝까지 도망치면 나를 옭아매는 중력으로부터 벗어날 수 있을 것 같다. 상처를 주었던 공간과 시간, 사람으로부터 멀어지면 무엇이든 괜찮아질 것이라고 믿었다. 사랑하는 사람들을 두고 홀연히 사라지고 싶은 어린 마음도 있었다. 그렇게 시작한 장황한 여행은 도망인 동시에 구원이었다. 3만5천km를 달리는 동안 과거 내게 고통을 주었던 것들은 도로에, 호수에, 들판과 무덤과 이방인들의 웃음 속에 슬며시 녹아 사라졌다.

여행을 함께한 자동차와 마지막으로 사진을 찍었다. 그간 정이 많이도 들었다. 말 없는 무생물을 사랑할 수도, 그에 기댈 수도 있다는 것을 알게 됐다. 이제는 이 녀석과도 잠시 헤어질

시간이었다. 차는 스페인 발렌시아에서 화물선에 태워 부산항으로 보낸다. 나는 비행기를 타고 먼저 귀국하기로 했다.

느릿느릿 저물던 해는 결국 바닷속으로 가라앉았다. 이제는 밤이 일어서고 있었다. 타오르던 한낮을 삼키고 출렁이는 불안을 디딘 밤이 깊은 물속으로부터 몸을 일으켜 세우고 있었다. 밤은 걸어갈 것이다. 이제는 작고 어두운 것들의 시간이었다. 한낮의 찬란함에 가려 빛나지 못하던 것들도 포근한 이 밤 아래서는 괜찮을 것이다. 미흡하고 위태로운 것들도 저마다의 색깔을 가질 것이다. 그러니까 괜찮지 않았던 것들도, 앞으로는 다 괜찮을 것이다.

"여기서 육지가 끝나고, 바다가 시작된다."

호카곶의 기념비에 적혀 있는 문장이다. 여행은 끝났다. 이제 무엇이 시작될까. 돌아가서 나는 어떤 삶을 살게 될까. 유목을 끝낸 유목민은 도태되지 않고 정주할 수 있을까. 처음 도망쳐올 때 그랬듯 결말을 알 수는 없다. 하지만 도둑질도 한 번이 어렵지 두 번은 쉬운 것처럼, 나는 언제든 또 도망칠 수 있을 거야. 그러니까 돌아가고, 함께하고, 머무르는 것을 그리 두려워할 필요는 없을 거야. 여전히 삶은 기워지고 기울어졌지만 그 모습이 이제는 썩 밉게 느껴지지 않았다.

빛나는 시절이었다. 영원히 잊고 싶지 않은 이 시절, 정말로 잊지 않을 수 있기를.

✦

에필로그

바다에서 보내는 편지

그런 날이 있다. 하늘은 파랑보다 파랗고 햇살이 대지의 모든 것에 생명을 불어넣는 날. 차가운 커피를 마시며 사선으로 하늘을 물끄러미 보고 있으니 옆의 동료가 휴가 계획을 물어왔다. 글쎄. 잘 모르겠어. 요즘은 딱히 어디를 가고 싶지가 않네. 답은 했으나 눈은 계속 하늘을 보고 있었다. 꼭 그 시절의 하늘 같다고 생각했다. 흘러가는 구름이 차창 너머 지평선으로 질주하던 그 시절로 나를 데려다 놓았다.

귀국하고 꽤 시간이 흘렀다. 졸업은 언제 할 것이냐고 놀림받던 만년 대학생은 어느덧 직장인이 됐다. 외로움과 불안에 몸서리치던 인간은 웃는 모습이 닮은 사람을 만나 결혼을 했다. 숙취는 좀 더 힘겨워졌고 사람들의 말에는 좀 덜 흔들리게 됐다. 눈빛은 조금 더 마르고 깊어졌다. 울먹였던 호카곶의 해를 닮은 태양이 몇 번이고 지나가는 동안 나는 정주의 세계에 적응했다.

그러나 때때로 그리움이 사무치기도 했다. '생활고에 지쳐 키우던 딸을 버린 20대 여성이 재판에 넘겨져 실형을 선고받았다' 따위의 쉬운 문장으로 한 사람의 삶을 요약하고 터덜대며 잿빛의 골목길을 내려가던 날, 무심코 올려다본 하늘이 시베리아의 하늘과 닮아 있었다. 우두커니 눈을 감고 푸른 평원에 서 있던 나를, 온몸을 휘감았던 바람과 진득했던 그 여름의 냄새를 회상했다. 나는 그리워하고 있었다. 글을 써야겠다고 다짐했다. 그리움을 달랠 무언가가 필요했다.

노트북을 폈으나 서문조차 쉬이 쓰지 못했다. 의지박약 때문은 아니었다. 서문이란 으레 그런 것이 아닌가. 글의 시작에는 별별 말을 늘어놓지만 결국에는 이 여행이 어떤 의미였노라 정의하는 것. 나는 정의하고 싶지 않았다. 우당탕탕 '청춘'의 여행기로, 학업과 취업을 때려치우고 떠난 '일탈'로, 유별난 스펙이 될지 모를 '도전기'로, 그 의미의 감옥에 가두고 싶지 않았다. 그래서 몸을 배배 꼬았다. 지독히도 미뤄왔다.

영화 '헤어질 결심'에서 서래는 해준에게 '당신의 미결 사건이 되고 싶다'라고 말한다. 모두 정리되어 서서히 잊힐 완결이 아니라, 해결되지 못해 계속 소유해야 하는 미결로 남고 싶다고. 나도 그간 이 여행을 그렇게 미결로 두고 싶었나 보다. 정의해 정리한 뒤 '지나간 일'로 떠나보내고 싶지 않아서. 그래서 휴대전화에는 여행 영상과 사진들이 아직도 그대로 남아있다. 백업도 해놨으면서 글을 쓰려면 필요하다는 핑계를 대며 지우지 않았다. 어쩌면 그렇게 미적지근하게, 나는 계속 여행 중이었는지도 모르겠다.

글을 쓰는 것은 그 시간과 장소에 나를 다시 세우는 일이었다. 다락방 깊숙이 넣어뒀던 감정을 되새기는 것은 때때로 고통스러웠으나 다시 여행하는 느낌을 주기도 했다. 낮에는 '밝혀졌다', '조사됐다' 따위로 끝나는 문장을 썼으나 저녁에는 '생각했다', '느꼈다'로 끝나는 문장을 썼다. 온종일 서쪽을 좇았던 그때처럼 나는 굼뜨지만 열렬하게 글을 빚었다. 내 숨에 스몄던 자유와 용기를 되새기며 나의 낡은 구원을 빚었다.

너는 우울한 사람이라는 말을, 먼 과거 타인으로부터 듣고 오랫동안 시달렸다. 그때는 전부 부인했으나 지금은 반쯤은 동의한다. 나는 그저 우울과 슬픔을 잘 조영하는 사람이 되고 싶을 뿐이다. 두려움과 나약함을 숨기지 않는 것도 선함의 한 종류일 수 있다고 믿을 뿐이다. 고통도 불편도 없는 문학이 유행하는 요즘, 그런 믿음을 붙잡고 나신 같은 감정들을 당신께 꺼냈다. 당신은 몰랐거나 알고도 지나갔을 것 같다. 이 이야기를 읽은 뒤 당신이 지을 표정이 조금 두려우나 앞으로도 우리는 함께였으면 좋겠다. 고요한 바다에 숨어 깊은 숨을 나눌 수 있으면 좋겠다.

저녁과 주말이면 철없이 과거로 회귀하는 남편을 이해해준 배우자께 사랑을 전한다. 풍랑에 흔들리는 동안 곁을 내어준 가족과 친구들에게 감사하다는 말도 남긴다. 비로소 이 여행은 완결 사건이 되었다. 대륙이 끝나는 순간까지 이야기를 읽어준 당신께도 당신의 바다가 시작되었으면 좋겠다.

2024년 6월
물이 반짝이는 선유에서

publisher   instagram

우주를 건널수는 없더라도

초판발행 2024년 7월 10일

지은이 유운

펴낸이 최대석 **펴낸곳** 행복우물 **출판등록** 307-2007-14호

등록일 2006년 10월 27일

주소 a1. 서울시 중구 삼일대로 343 위워크 8층

　　 a2. 경기도 가평군 경반안로 115

전화 031-581-0491 **팩스** 031-581-0492

전자우편 book@happypress.co.kr

정가 17,000원　**ISBN** 979-11-91384-97-0